最美的散文

周克乾 何大猷 ◎编著

北京大学出版社
PEKING UNIVERSITY PRESS

图书在版编目（CIP）数据

最美的散文／周克乾，何大猷编著. — 北京：北京大学出版社，2013.5
（大美阅读·中国古典诗文系列）
ISBN 978-7-301-20778-9

Ⅰ.①最… Ⅱ.①周… ②何… Ⅲ.①古典散文—散文集—中国 Ⅳ.①I262

中国版本图书馆CIP数据核字（2012）第124509号

书　　　名：	最美的散文
著作责任者：	周克乾 何大猷 编著
丛 书 策 划：	周雁翎
丛 书 主 持：	郭　莉
责 任 编 辑：	郭　莉
全 书 绘 图：	凌霄飞猪
标 准 书 号：	ISBN 978-7-301-20778-9/G·3429
出 版 发 行：	北京大学出版社
地　　　址：	北京市海淀区成府路205号　100871
网　　　址：	http://www.pup.cn　新浪官方微博:@北京大学出版社
电 子 信 箱：	zyl@pup.pku.edu.cn
电　　　话：	邮购部 62752015　发行部 62750672　编辑部 62767346 出版部 62754962
印 刷 者：	北京大学印刷厂
经 销 者：	新华书店
	650毫米×980毫米　16开本　11.25印张　110千字
	2013年5月第1版　2013年12月第2次印刷
定　　价：	25.00元

未经许可，不得以任何方式复制或抄袭本书之部分或全部内容。
版权所有，侵权必究
举报电话：（010）62752024　电子信箱：fd@pup.pku.edu.cn

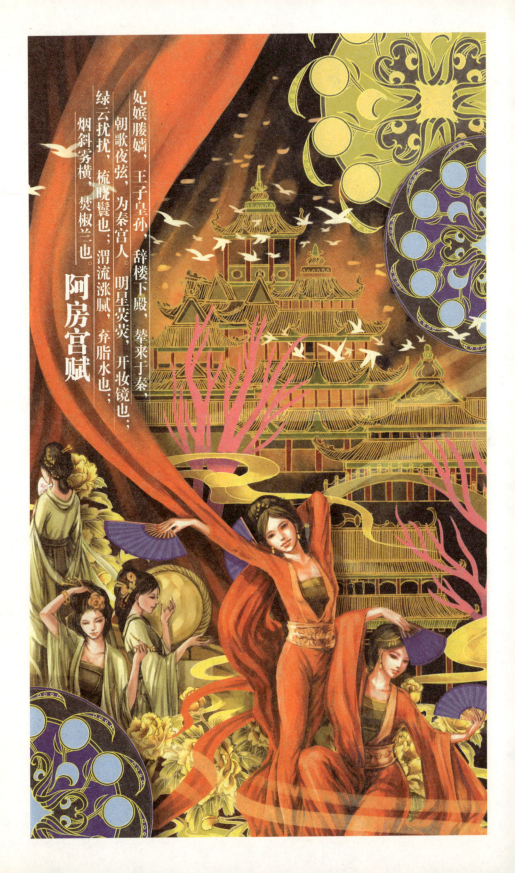

妃嫔媵嫱，王子皇孙，辞楼下殿，辇来于秦。朝歌夜弦，为秦宫人。明星荧荧，开妆镜也；绿云扰扰，梳晓鬟也；渭流涨腻，弃脂水也；烟斜雾横，焚椒兰也。

阿房宫赋

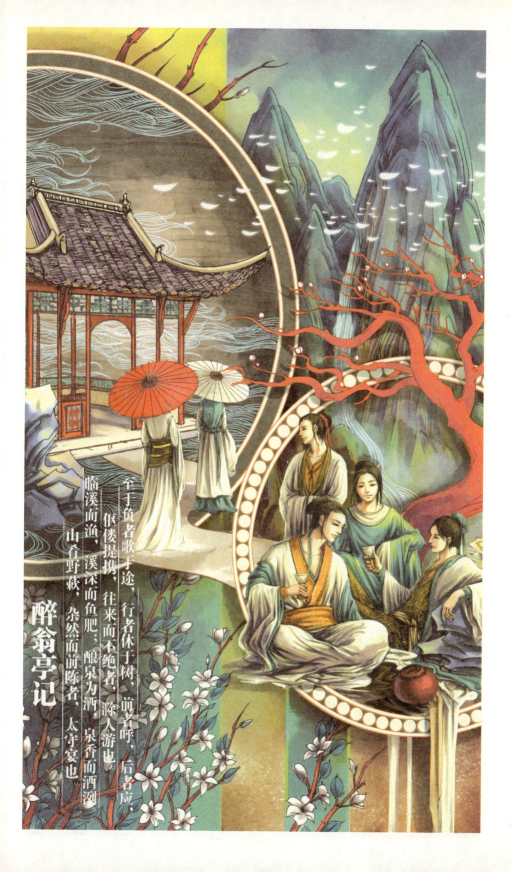

写在前面的话

作为我国古代文学发展长廊中的一种重要体裁,散文也像其他文学形式一样,在文学史上,有其光辉的历史地位。

最早的散文,由于物质条件的限制,在实际运用上只能力求简短,至于洋洋大观的散文著作,则是以后的事情。

随着奴隶制度的衰落,春秋后期,许多学术思想不同、政治见解各异的学者,都以散文为武器,议论国家大事,提出各种不同的政治主张,或著书立说,或相互争辩,形成了学术上"百家争鸣"的繁荣景象。在先秦散文中,最突出的有《孟子》、《庄子》、《荀子》、《韩非子》等。这些著作中的许多篇章,在记言、记事、描写人物、论辩道理以及结构篇章和语言运用等方面,都表现出了很高的成就。

除此以外,随着统治者总结历史经验的需要,我国很早以前就建置了史官,他们保存和编撰了大量的文献资料。这些先秦的历史散文,如《春秋》、《左传》、《国语》、《战国策》等,对后世历史家和古文家的写作有十分深远的影响。

秦统一中国后,由于严酷的思想统治,加上王朝存在时间短暂,几乎没有给文学带来发展的机

会。《吕氏春秋》一书，虽集合了大量的单篇说理散文，也保存了大量先秦时代的文献和逸闻佚事，但它的成书是在秦统一以前。有秦一代著名的散文作家只有李斯一人。

汉初的散文家首推贾谊，除贾谊外，还有晁错、邹阳等人。他们的作品，多以论秦之得失为主要题材，宗旨为针砭时弊，提出自己的政治主张。语言多排比对偶，风格颇近战国说辞。

这一时期特别值得提出的是我国出现了一位伟大的历史学家、文学家司马迁。他在所著的《史记》里为各个不同阶层众多的历史人物立传，开创了我国传记体史学和传记文学的先河。两千多年来，《史记》不仅是历史学家学习的典范，也是文学家学习的典范。

班固是东汉的史学家，他撰写的《汉书》是我国第一部记传体的断代史，同《史记》一起，对我国后代的史学、文学也产生了巨大的影响。《汉书》在体制上全袭《史记》，从史传文学的角度评价，其中也有不少篇目写得十分成功，如《苏武传》就是一例。

两汉文学，虽辞赋与散文并行发展，但赋的成就却远在散文之下。

南北朝时期，特别在南朝，骈体文统治了文坛，然而北朝却出现了几部著名的散文著作——郦道元的《水经注》和杨炫之的《洛阳伽蓝记》。它们在描绘祖国山川、佛寺建筑、人物以及叙述故事等方面表现

出了很高的成就,但这些作品在不同程度上都受到了骈文的影响,跟魏晋以前的散文风格迥然不同。

总的来说,这一时期是散文的中衰时期。这种局面一直延续到唐代中叶古文运动的兴起,才告结束。

唐代中期兴起的古文运动,是一次重要的文体改革运动。这个运动的倡导者是韩愈、柳宗元。他们顺应历史发展的趋势,主张废弃六朝以来浮华僵死的骈体文,代之以切合实用的朴实的"古文"。所谓古文,实际上是新体散文。到了宋代,欧阳修、王安石、苏轼等大家继续提倡,并进行了毕生实践。后来,"唐宋八大家"的散文就成了我国长期流行的文体。

古文运动的胜利,是我国散文发展史上的一个转折点。它改变了骈文长期统治文坛的局面,一扫魏晋以来浮靡不实的形式主义文风。韩、柳是司马迁以后我国古代最杰出的散文作家。他们通过不懈努力,不仅在理论上奠定了散文创作的基础,更重要的是在创作实践上为当时和后代作出了典范,从而拓宽了散文的实用范围,使之除传统的著书立说外,在日常生活中找到了写景、抒情、言志的广阔天地。

元、明、清三代,文学艺术园地以戏剧、小说最为繁荣,而且成就也最突出。至于散文、诗词与这些新兴文学样式的成就相比,呈现出衰退的景象。

明朝前期的散文,最早出现的是前后七子的复古运动。他们在反对台阁体的空廓、浮泛和八股文的恶劣影响方面虽有积极意义,但同时却主张"文必秦汉,诗必盛唐",又使自己堕入了模拟抄袭、不求创新的形式主义泥坑。归有光等唐宋派首先起来与复古派对抗,"三袁"领导的"公安派"更给予复古派以沉重的打击。他们提出了反对贵古贱今,反对模拟古人,以及文章要有质,要独抒性灵,发前人之所未发等主张。

到了清代,散文和骈文领域里出现了众多的作家和不同流派。然而大多数作家基本上都无法摆脱拟古和形式主义的影响,很少取得新的成就。只有那些具有进步思想的知识分子,仍能面对现实,写出一些暴露黑暗统治、揭露社会矛盾的作品。

本书按文学史的系统,共选入古代散文作品五十篇。其中有些篇目,从体裁看,应属于骈文。考虑到历代著名选本中均予垂青,而且是众口乐诵的名篇,所以,编者也就不避"名实不符"的嫌疑了。

在编选的过程中,参考了多家著述。由于涉及面广,恕不一一注明。

目录

论学六则 …………………………………… (1)

孙　武 ❋ 谋　攻 ………………………… (3)

曹刿论战 …………………………………… (7)

晏子使楚 …………………………………… (10)

苛政猛于虎 ………………………………… (12)

孟　子 ❋ 天时不如地利 ………………… (14)

庄　子 ❋ 惠子相梁 ……………………… (16)

邹忌讽齐王纳谏 …………………………… (18)

司马迁 ❋ 报任安书 ……………………… (21)

诸葛亮 ❋ 出师表 ………………………… (24)

李　密 ❋ 陈情表 ………………………… (28)

王羲之 ❋ 兰亭集序 ……………………… (32)

陶渊明 ❋ 五柳先生传 …………………… (35)

吴　均 ❋ 与朱元思书 …………………… (38)

郦道元 ❋ 三　峡 ………………………… (40)

王　勃 ❋ 滕王阁序 ……………………… (43)

骆宾王 ❋ 代李敬业传檄天下文 ·················	（48）
王　维 ❋ 山中与裴秀才迪书 ···················	（52）
韩　愈 ❋ 送董邵南序 ·····························	（54）
韩　愈 ❋ 送李愿归盘谷序 ······················	（56）
刘禹锡 ❋ 陋室铭 ···································	（60）
柳宗元 ❋ 捕蛇者说 ·······························	（62)
柳宗元 ❋ 钴鉧潭记 ·······························	（66）
杜　牧 ❋ 阿房宫赋 ·······························	（69）
范仲淹 ❋ 岳阳楼记 ·······························	（73）
欧阳修 ❋ 醉翁亭记 ·······························	（76）
欧阳修 ❋ 五代史伶官传序 ····················	（79）
苏　洵 ❋ 六国论 ···································	（82）
曾　巩 ❋ 墨池记 ···································	（85）
周敦颐 ❋ 爱莲说 ···································	（88）
司马光 ❋ 谏院题名记 ····························	（90）
王安石 ❋ 读《孟尝君传》 ······················	（92）
王安石 ❋ 答司马谏议书 ························	（94）

目录

苏　轼	赤壁赋	（98）
钟嗣成	录鬼簿序	（102）
宋　濂	送东阳马生序	（105）
刘　基	卖柑者言	（109）
汤显祖	牡丹亭记题词	（112）
归有光	项脊轩志	（115）
宗　臣	报刘一丈书	（119）
李　贽	题孔子像于芝佛院	（123）
袁宏道	徐文长传	（125）
张　岱	西湖七月半	（129）
李　渔	芙蕖	（133）
方　苞	左忠毅公逸事	（137）
郑　燮	范县署中寄舍弟墨第四书	（141）
袁　枚	黄生借书说	（145）
彭端淑	为学一首示子侄	（148）
姚　鼐	登泰山记	（151）
龚自珍	病梅馆记	（155）

论学六则

子曰:"学而时习之,不亦说乎?"(《学而》)

子贡问曰:"孔文子何以谓之文也?"子曰:"敏而好学,不耻下问,是以谓之文也。"(《公冶长》)

子曰:"温故而知新,可以为师矣。"(《为政》)

子曰:"由!诲女知之乎?知之为知之,不知为不知,是知也。"(《为政》)

子曰:"见贤思齐焉,见不贤而内自省(xǐng)也。"(《里仁》)

子曰:"三人行,必有我师焉。择其善者而从之,其不善者而改之。"(《述而》)

作者简介

《论语》主要记录孔子的言行,其中少部分也记载了他的弟子的言行。孔子(前551—前479),名丘,字仲尼。鲁国陬(zōu)邑(今山东曲阜县)人,我国春秋末期思想家、教育家,儒家学派创始人。早年做过"委吏"、"乘田"等小官,后短期做过鲁国的"司寇"。据传他有弟子三千,出类拔萃的有72人。他曾先后编修或删订《诗》、《书》、《春秋》等书,为我国古代文化的整理和传播作出了重要贡献。

简注

1. "孔文子"：卫国大夫。"文"是他死后的谥（shi）号。
2. "敏"：指理解得快。
3. "耻"：以……为耻，意动用法。
4. "由"：孔子弟子，姓仲，名由，字子路。
5. "女"：通"汝"，你。
6. "齐"：用如动词，看齐，赶上别人。
7. "内自省"：内心作自我检查。
8. "从"：效法。

导读

　　这六则言论，主要从学习态度和学习方法等方面，精辟论述了有关学习的一些重要问题。这些看法直到今天，仍具有其令人信服的科学性和有效的实用性。

　　在学习态度方面，孔子主张"不耻下问"，"见贤思齐"，"三人行，必有我师"，"择善而从"，"知之为知之，不知为不知"，这种虚心和实事求是的学习态度，无疑是广大希望学有所成的人必须具备的基本品质。

　　在学习方法方面，他提出了"温故知新"的举一反三的观点，几千年来，一直为广大学子奉为最基本最有效的学习方法。

谋 攻

孙 武

孙子曰：凡用兵之法，全国为上，破国次之；全军为上，破军次之；全旅为上，破旅次之；全卒为上，破卒次之，全伍为上，破伍次之。是故百战百胜，非善之善者也；不战而屈人之兵，善之善者也。

故上兵伐谋，其次伐交，其次伐兵，其下攻城。攻城之法，为不得已。修橹轒辒（fén yūn），具器械，三月而成；距堙（yīn），又三月而后已。将不胜其忿，而蚁附之，杀士三分之一，而城不拔者，此攻之灾也。故善用兵者，屈人之兵而非战也；拔人之城而非攻也；毁人之国而非久也，必以全争天下，故兵不顿而利可全，此谋攻之法也。

故用兵之法，十则围之，五则攻之，倍则分之，敌则能战之，少则能逃之，不若则能避之。故小敌之坚，大敌之擒也。

夫将者，国之辅也。辅周则国必强，辅隙则国必弱。故君之所以患于军者三：不知军之不可以进而谓之进，不知军之不可以退而谓之退，是谓縻（mí）军；不知三军之事而同三军之政者，则军士惑矣；不知三军之权而同三军之任，则军士疑矣。三军既惑且疑，则诸侯之难至矣，是谓乱军引胜。

故知胜有五：知可以战与不可以战者胜，识众寡之用者胜，上下同欲者胜，以虞待不虞者胜，将能而君不御者胜。此五者，知胜之道也。

故曰：知彼知己，百战不殆（dài）；不知彼而知己，一胜一负；不知彼，不知己，每战必殆。

作者简介

孙武，我国春秋时期伟大的军事学家，本齐人，因避祸奔吴，以所著兵法13篇献给吴王阖闾（hé lǘ），阖闾以他为将。所著《孙子兵法》是我国历史上最早的一部兵书，是其亲身军事实践和前人作战经验的科学总结，论述了战争的原则和规律。

《孙子兵法》不仅在我国古代军事著作中有其重要的历史地位，而且在世界军事史上也占有显赫的地位，被称为"东方兵学的鼻祖"。

《谋攻》是其中具有代表性的一篇。

简注

1. "全国"：迫使敌人举国投降。后面的"全军"、"全旅"、"全卒"、"全伍"意思同上。古制12500人为军，500人为旅，100人以上为卒，5人为伍。
2. "屈"：使……屈服。
3. "上兵"：用兵的上策，即上等的用兵策略。
4. "伐谋"：打破敌方的用兵计谋。
5. "伐交"：挫败和瓦解敌人的结盟。
6. "伐兵"：打败敌人的武装力量。
7. "修橹轒辒"：整治大盾和攻城用的四轮战车。
8. "距堙"：临城构筑用以攻城的土台。
9. "蚁附之"：像蚂蚁一样聚集起来攀登和攻城。"蚁"，像蚂蚁一样，作状语。
10. "十则围之"：兵力十倍于敌就包围歼灭它。
11. "倍"：兵力二倍于敌。
12. "分之"：分割敌军。
13. "小敌之坚"：小敌，指弱小的军队；坚，这里是死守、硬拼的意思。
14. "大敌"：强大的敌人。
15. "辅周"：辅助得周密完善。
16. "辅隙"：辅助得不周密，有缺陷。
17. "縻"：束缚。
18. "同欲"：想法相同。
19. "虞"：准备。
20. "殆"：危险，这里引申为失败。

导 读

　　谋攻，即运用智谋克敌制胜的意思。首段论述用兵作战的总原则是"全国为上"，即获取全胜，收到全利，为上策。中心议题是"不战而屈人之兵"，说明不以实战取胜，而以智谋取胜是指挥作战的最高原则。

　　第二段以"故上兵伐谋"等句承接上文展开议论。作者强调，要想"不战而屈人之兵"，就必须运用智谋，以达到"兵不顿而利可全"的战略目的，并说明这就是"谋攻"的具体含义。

　　第三段论述指挥战争的将领必须根据敌我双方的实力状况制定战略战术。孙子反对死守硬拼，主张灵活主动，依据实际情况，进退自如地组织战斗。

　　第四段论述了在战争中将军与国君的关系，强调了国君择将的重要意义。指出国君既已择将，就应该绝对信任将军，不要干预其具体指挥事宜。孙子把国君的瞎指挥斥为"乱军引胜"。脱离实际的瞎指挥，必然导致严重的后果。

　　第五段归纳了取胜之道。最后，提出了千古名言："知己知彼，百战不殆"，成为后世的行动警言。

曹刿论战

十年春，齐师伐我。公将战，曹刿（guì）请见。其乡人曰："肉食者谋之，又何间焉？"刿曰："肉食者鄙，未能远谋。"乃入见。

问："何以战？"公曰："衣食所安，弗敢专也，必以分人。"对曰："小惠未遍，民弗从也。"公曰："牺牲玉帛，弗敢加也，必以信。"对曰："小信未孚，神弗福也。"公曰："小大之狱，虽不能察，必以情。"对曰："忠之属也，可以一战。战则请从。"

公与之乘，战于长勺。公将鼓之。刿曰："未可。"齐人三鼓，刿曰："可矣。"齐师败绩。公将驰之。刿曰："未可。"下视其辙，登轼而望之，曰："可矣。"遂逐齐师。

既克，公问其故。对曰："夫战，勇气也。一鼓作气，再而衰，三而竭。彼竭我盈，故克之。夫大国，难测也，惧有伏焉。吾视其辙乱，望其旗靡（mí），故逐之。"

作者简介

《左传》，相传是春秋末年左丘明解说《春秋》的一部著作，故名《左氏春秋》或《春秋左氏传》。"传"，即解释的意思。《左传》是《春秋左氏传》的简称。书中记载了春秋时代各国内政、外交、军事等方面的活动。书中表现的主要是儒家思想，例如它反对迷信天道，而重视民众意愿。对统治者之间的政治斗争、战争冲突的纪录描写，也是忠于史实，同时又很有文采。尤其是它对当时的谋臣和外交官等人的辞令写得十分委婉，表现出很高的说话艺术；又很善于描写战争，不是简单地叙述战争的过程，而是分析展示影响战争胜败的政治、经济、人心等诸多因素，把战事写得深刻、曲折，引人入胜。因此，它既是一部历史著作，也是一部优秀的散文著作。

简注

1. "十年"：鲁庄公十年，公元前684年。
2. "公"：指鲁庄公。
3. "乡"：春秋时国都及其近郊设乡，是当时的行政区划，不同于现在的"乡"。
4. "肉食者"：指贵族，做大官的人。
5. "鄙"：鄙陋。这里指眼光短浅，缺少见识。
6. "衣食"：指用来养生的物质。"安"，养的意思。
7. "专"：独享。
8. "牺牲玉帛"："牺牲"，指祭祀用的牛、羊等牲口。"玉帛"，宝玉、丝绸之类，也是作祭祀用。
9. "狱"：案件。

10 "鼓"：击鼓进军。
11 "驰"：驱车（追赶）。
12 "轼"：古代车前用以扶手的横木。
13 "既克"：战胜后。既，已经。
14 "竭"：指勇气已尽。
15 "辙乱"：战车的轨迹混乱。
16 "靡"：倒下。

导读

　　本文是《左传》中精短而极有名的一篇。它记叙的是齐鲁两国在长勺的一次战争。文中着重就凭什么去作战和为什么追击来记叙曹刿的论战思想，而对双方具体的打杀，未着一字。文章一波三折，很有韵致，体现了《左传》的特色。

晏子使楚

晏子使楚，楚人以晏子短，为小门于大门之侧延晏子。晏子不入，曰："使狗国者从狗门入，今臣使楚，不当从此门入。"傧子更道，从大门入。见楚王，王曰："齐无人耶？使子为使。"晏子对曰："齐之临淄（zī）三百闾（lú），张袂（mèi）成阴，挥汗如雨，比肩继踵（zhǒng）而在，何为无人！"王曰："然则何为使子？"晏子对曰："齐命使，各有所主。其贤者，使使贤主；不肖（xiào）者，使使不肖。故宜使楚矣。"

作者简介

本文选自《晏子春秋》，作者不详。该书是记载晏子言行的。晏子，即晏婴，字平仲，春秋时齐国的国相，很有才能，善言辞。

简注

1. "短"：这里指身材矮小。
2. "延"：引进。
3. "袂"：衣袖。
4. "比肩继踵"：肩挨着肩，后面的人碰着前面人的脚后跟。形容人很多。
5. "何为使子"：为什么派你为使臣呢？
6. "不肖者"：无能的人。

导读

　　文章表现晏子的机智敏捷和能言善辩。他身临强楚，受到侮辱，但他能从容不迫，针锋相对，保持自身人格，维护国家尊严。他以其人之道，还治其人之身，使侮辱人者反受其辱。文章主要为对话，突出展示人物机智善辩的特点，而整个事件写得波澜起伏，有声有色，富有戏剧性。

苛政猛于虎

孔子过泰山侧,有妇人哭于墓者而哀。夫子式而听之,使子路问之曰:"子之哭也,壹似重(chóng)有忧者?"而曰:"然。昔者吾舅死于虎,吾夫又死焉。今吾子又死焉。"夫子曰:"何不去也?"曰:"无苛政。"夫子曰:"小子识(zhì)之,苛政猛于虎也!"

作者简介

　　本文选自《礼记》。该书作者不能确定,内容以记录战国、秦汉时期儒者关于礼制方面的见解为主。该书内容涉及广泛,体系灵活自由,文风简洁精邃。

简 注

1. "式"：同"轼"，古代车前用以扶手的横木。此处用作动词，是扶着轼的意思，表示注意和关怀。
2. "壹"：实在，的确。
3. "而"：于是。
4. "昔者吾舅"：昔者，从前。舅，指丈夫的父亲。
5. "苛政"："政"通"征"，意思是苛刻的捐税徭役。
6. "小子识之"：小子，古代师长对学生或晚辈的称呼。识之，记住这件事。

导 读

苛酷的政治对老百姓的伤害，远甚于凶猛残暴的老虎。这一观点不仅深刻，而且有强烈的人民性，很能体现儒家政治观点。文章似平淡，而寄寓尤深；以虎患铺垫，烘衬苛政之恶；结论既自然，又画龙点睛。文章对人物写形摹声，栩栩如生，却又简洁精练。

天时不如地利

孟 子

孟子曰:"天时不如地利,地利不如人和。三里之城,七里之郭,环而攻之而不胜。夫环而攻之,必有得天时者矣;然而不胜者,是天时不如地利也。城非不高也,池非不深也,兵革非不坚利也,米粟非不多也;委而去之,是地利不如人和也。故曰:域民不以封疆之界,固国不以山溪之险,威天下不以兵革之利。得道者多助,失道者寡助。寡助之至,亲戚畔之,多助之至,天下顺之。以天下之所顺,攻亲戚之所畔,故君子有不战,战必胜矣。"

作者简介

孟子,名轲,字子舆,战国时邹(今山东邹县)人。他继承了孔子的哲学、政治思想并有新的发展。他重视民众,抨击暴君,提出了"民为贵、君为轻、社稷次之"的主张。正因如此,他虽然周游了很多国家,却始终不被重用,晚年便和门徒弟子一起著书。现存有《孟子》七篇。

简 注

1. "郭"：外城。
2. "环而攻之"：四面围起来攻打它。
3. "池"：护城河。
4. "兵革"：泛指武器装备。
5. "委而去之"：弃城而逃。
6. "域民"：使人民定居下来。
7. "威天下"：在天下人面前建立威信。
8. "至"：极点。
9. "畔"：同"叛"。
10. "顺"：顺从。
11. "君子"：指"得道者"。

导 读

　　"天时"、"地利"、"人和"，如今已成为人们判断事情成败的主要因素。它出自于孟子这篇文章。天时，古代用兵打仗前都要占卜、观察吉凶，得天时才行动；地利，指所处的地理形势；人和，即得民心，人心所向。从本文可窥见孟子的民本思想。文章虽是就战争胜败因素而言，但小至个人，大至国家，成败得失，岂不都同此一理？正因此，本文的思想才深入人心，且常常挂在人们的口头上。文章虽短，却极富论辩色彩，语句流畅，深入浅出。

惠子相梁

庄　子

　　惠子相梁，庄子往见之。或谓惠子曰："庄子来，欲代子相。"于是惠子恐，搜于国中，三日三夜。庄子往见之，曰："南方有鸟，名为鹓鶵（yuān chú），子知之乎？夫鹓鶵，发于南海，而飞于北海；非梧桐不止，非练实不食，非醴（lǐ）泉不饮。于是鸱（chī）得腐鼠，鹓鶵过之，仰而视之曰：'吓！'今子欲以子之梁国而吓我邪？"

作者简介

　　庄子，名周，战国时蒙（今河南商丘）人，是战国时期道家的主要代表人物，后世将他与老子并称"老庄"。其作品有些对当权者的丑恶言行进行讽刺和揭露，有消极抵抗的一面。散文有相当高的艺术成就，风格独特，对后世影响深远。

简注

1. "惠子"：人名。
2. "相梁"：做梁国的宰相。
3. "或"：有人。
4. "鹓鶵"：古代传说中与鸾凤同类的神鸟。
5. "练实"：竹实。
6. "醴泉"：甘甜的泉水。
7. "鸱"：猫头鹰。
8. "吓"：表示惊吓别人的叹词。

导读

本文节选自《庄子·秋水》。庄子散文，汪洋恣肆，气势磅礴。往往以寓言故事，取譬设喻，很有形象性和感染力。本篇以鹓鶵嘲讽鸱恐怕失去腐鼠的寓言，讽刺惠子怕庄子争夺其梁相地位，幽默辛辣，形象生动，富于戏剧色彩，表现出庄子散文想象丰富奇特而又生动贴切的特点。

邹忌讽齐王纳谏

邹忌修八尺有余，而形貌昳（yì）丽。朝服衣冠，窥镜，谓其妻曰："我孰与城北徐公美？"其妻曰："君美甚，徐公何能及君也？"城北徐公，齐国之美丽者也。忌不自信，而复问其妾曰："吾孰与徐公美？"妾曰："徐公何能及君也？"旦日，客从外来，与坐谈，问之："吾与徐公孰美？"客曰："徐公不若君之美也。"明日，徐公来，孰视之，自以为不如；窥镜而自视，又弗如远甚。暮寝而思之，曰："吾妻之美我者，私我也；妾之美我者，畏我也；客之美我者，欲有求于我也。"

于是入朝见威王，曰："臣诚知不如徐公美。臣之妻私臣，臣之妾畏臣，臣之客欲有求于臣，皆以美于徐公。今齐地方千里，百二十城，宫妇左右莫不私王，朝廷之臣莫不畏王，四境之内莫不有求于王：由此观之，王之蔽甚矣。"

王曰:"善。"乃下令:"群臣吏民能面刺寡人之过者,受上赏;上书谏寡人者,受中赏;能谤讥于市朝,闻寡人之耳者,受下赏。"令初下,群臣进谏,门庭若市;数月之后,时时而间进;期年之后,虽欲言,无可进者。

燕、赵、韩、魏闻之,皆朝于齐。此所谓战胜于朝廷。

作者简介

《战国策》,又称《国策》,相传为战国时期各国史官或策士所撰辑,西汉时经刘向整理,并按西周、东周、秦、齐、楚、赵、魏、韩、燕、宋、卫、中山等12国次序编排,计33篇。书中反映了战国时期各国政治、军事、外交方面的活动情况和当时的社会面貌,记载了策士谋臣游说各国的活动和相互论辩时所提出的政治主张和斗争策略。该书虽是继《春秋》、《左传》之后的又一部史书,但在写作艺术方面较之前者有所发展,记事写人十分生动,语言犀利流畅,尤长于运用寓言故事说明事理,富有很强的鼓动性,因此,它又具有很高的文学价值。

简注

1. "修":长,这里指身长。
2. "昳丽":光艳美丽。
3. "窥镜":照镜子。

4 "美我"：以我为美，认为我美。
5 "私"：偏爱。
6 "蔽"：受蒙蔽而不明智。
7 "刺"：指责。
8 "谤讥"：议论或指责过错，无贬义。
9 "战胜于朝廷"：在朝廷上战胜（别国），意谓内政修明，不须加兵，即可取胜。

导 读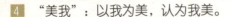

国君能否广开言路，纳谏除蔽，修明政治，实关国家兴亡大事。但一开口便直言苦谏，往往会使刚愎自用、唯我独尊的封建国君产生抵触情绪，从而达不到进谏的目的，甚至给自己招来杀身之祸。邹忌则从私事说起，随后类比国事，使威王从中得到启迪。这种由近及远、由小到大、由生活琐事推及国家大事的比喻说理方法，委婉顺听，能收到更好的进谏效果。

文章结尾记述了"数月之后，时时而间进；期年之后，虽欲言，无可进者"。虽然用的是夸张写法，但在当时的情况下，君骄臣媚，邹忌敢于进谏，善于进讽谏，从而使齐威王在一定程度上纳谏除蔽，修明政治，也确是难能可贵的事情。

报任安书

司马迁

古者富贵而名摩灭，不可胜记，唯倜傥（tì tǎng）非常之人称焉。盖文王拘而演《周易》；仲尼厄而作《春秋》；屈原放逐，乃赋《离骚》；左丘失明，厥有《国语》；孙子膑（bìn）脚，《兵法》修列；不韦迁蜀，世传《吕览》；韩非囚秦，《说难》、《孤愤》。《诗》三百篇，大抵圣贤发愤之所为也。此人皆意有所郁结，不得通其道，故述往事，思来者。乃如左丘无目，孙子断足，终不可用，退而论书策，以舒其愤，思垂空文以自见。

仆窃不逊，近自托于无能之辞，网罗天下放失旧闻，略考其行事，综其终始，稽其成败兴坏之理，上计轩辕（xuān yuán），下至于兹，为十表，本纪十二，书八章，世家三十，列传七十，凡百三十篇。亦欲以究天人之际，通古今之变，成一家之言。草创未就，适会此祸，惜其不成，是以就极刑而无愠（yùn）色。仆诚以著此书，藏之名山，传之其人，通邑（yì）大都，则仆偿前辱之责，虽万被戮（lù），岂有悔哉！

然此可为智者道，难为俗人言也。

　　且负下未易居，下流多谤议，仆以口语遇遭此祸，重为乡党戮笑，以污辱先人，亦何面目复上父母之丘墓乎？虽累百世，垢弥甚耳！是以肠一日而九回，居则忽忽若有所亡，出则不知其所往。每念斯耻，汗未尝不发背沾衣也。身直为闺阁之臣，宁得自引于深藏岩穴邪？故且从俗浮沉，与时俯仰，以通其狂惑。今少卿乃教以推贤进士，无乃与仆之私指谬乎？今虽欲雕琢，曼辞以自解，无益，于俗不信，适足取辱耳。要之死日，然后是非乃定。书不能悉意，故略陈固陋。谨再拜。

作者简介

　　司马迁，字子长，夏阳（今陕西韩城县）人。其父司马谈，是历史学家，在汉武帝时做太史令，通天文星历和《易经》，兼好黄老之学。司马迁二十岁时，开始游历，到过南北许多地方。游历之中，他很注意了解古代传说、历史，并考察山川形势和风土人情，后来他又奉命出使西南并扈从汉武帝封禅，这些旅行对他写作《史记》有很大帮助。汉武帝元封三年，他继其父出任太史令，更是博览古籍，收索史料。汉武帝天汉三年，司马迁因同情李陵，受了宫刑，为了完成《史记》，他忍辱活下去。基本完成《史记》，他便辞世。《史记》记述上自黄帝、下至汉武之间大约三千年的历史，是我国第一部纪传体通史。同时，《史记》的文笔优美流畅，也是很受人称道的散文。

简注

1. "倜傥"：豪迈，不受拘束。
2. "文王拘而演《周易》"：传说周文王被殷纣王拘禁在羑（yǒu）里时将八卦推演为六十四卦，成为《周易》的骨干。
3. "厄"：困厄，指孔子在陈地和蔡地受到当地人的围攻和绝粮之困。
4. "左丘"：即左丘明，鲁史官。
5. "《国语》"：史书，传为左丘明撰著。
6. "孙子膑脚"：孙子，战国时著名军事家孙膑。膑脚，孙子曾被其同学庞涓骗入魏国，割去他的膑骨（膝盖骨）。有《孙膑兵法》传世。
7. "不韦迁蜀"：不韦即吕不韦，战国末为商人，后为秦国宰相。始皇十年，令吕举家迁蜀，吕自杀。
8. "《吕览》"：即《吕氏春秋》。
9. "《说难》、《孤愤》"：是法家学派代表人物韩非所著《韩非子》中的两篇。
10. "九回"：九转。形容痛苦之极。
11. "闺阁之臣"：指宦官。闺、阁，均为宫中小门，指皇帝深居的内廷。

导读

本篇为节选《报任安书》的后半部分。在这一节里，作者抒发了对人生、对事业的见解，尤其是对富贵的蔑视，对圣贤发愤著书的追慕，历来激励人们从逆境中发愤图强，自强不息。因此，这一段文字也成了有口皆碑的名言。人生一世，难免有困顿挫折，有的人就此消沉，默默一生，有的人却愈加发奋，终有所成，这靠的是一种精神。读了司马迁这篇文章，对此当有更深的领悟吧。

出师表

诸葛亮

　　先帝创业未半,而中道崩殂(cú),今天下三分,益州疲弊,此诚危急存亡之秋也。然侍卫之臣不懈于内,忠志之士忘身于外者,盖追先帝之殊遇,欲报之于陛下也。诚宜开张圣听,以光先帝遗德,恢弘志士之气,不宜妄自菲薄,引喻失义,以塞忠谏之路也。宫中府中,俱为一体,陟(zhì)罚臧否(zāng pǐ),不宜异同。若有作奸犯科及为忠善者,宜付有司论其刑赏,以昭陛下平明之理,不宜偏私,使内外异法也。侍中、侍郎郭攸之、费祎(yī)、董允等,此皆良实,志虑忠纯,是以先帝简拔以遗陛下。愚以为宫中之事,事无大小,悉以咨(zī)之,然后施行,必能裨补阙漏,有所广益。将军向宠,性行淑均,晓畅军事,试用于昔日,先帝称之曰能,是以众议举宠为督。愚以为营中之事,悉以咨之,必能使行陈(zhèn)和睦,优劣得所。亲贤臣,远小人，此先汉所以兴隆也；亲小人，远贤臣，此后汉所以倾颓也。先帝在时，每与臣论此事，未尝不叹息痛恨于桓（huán）、灵也。侍中、尚书、长史、参军，此悉贞良死节之臣，愿陛下亲之信之，则汉室之隆，可计日而待也。

臣本布衣，躬耕于南阳，苟全性命于乱世，不求闻达于诸侯。先帝不以臣卑鄙，猥自枉屈，三顾臣于草庐之中，谘臣以当世之事，由是感激，遂许先帝以驱驰。后值倾覆，受任于败军之际，奉命于危难之间，尔来二十有一年矣。先帝知臣谨慎，故临崩寄臣以大事也。受命以来，夙（sù）夜忧叹，恐托付不效，以伤先帝之明，故五月渡泸，深入不毛。今南方已定，兵甲已足，当奖率三军，北定中原，庶竭驽钝，攘除奸凶，兴复汉室，还于旧都。此臣所以报先帝，而忠陛下之职分也。至于斟酌损益，进尽忠言，则攸之、祎、允之任也。愿陛下托臣以讨贼兴复之效；不效，则治臣之罪，以告先帝之灵。若无兴德之言，则责攸之、祎、允等之慢，以彰其咎。陛下亦宜自谋，以谘诹（zōu）善道，察纳雅言，深追先帝遗诏，臣不胜受恩感激。

今当远离，临表涕零，不知所言。

作者简介

诸葛亮，字孔明，琅琊阳都（今山东沂南）人。蜀汉丞相，三国时期的大政治家和军事家。早年躬耕南阳，刘备三顾茅庐时，进行了一场著名的"隆中对"后，便出来辅佐刘备建立帝业，与曹丕、孙权形成三国鼎立。刘备死后，又受命辅佐刘禅。后因思虑劳累过度死于军中，年仅五十四岁。他后来成为汉民族智慧人物的最杰出代表，其故事流传海内外。

简注

1. "崩殂"：天子去世曰"崩"。殂，也是死的意思。
2. "圣"：古代对皇帝的尊称。
3. "妄自菲薄"：毫无根据地轻视自己。
4. "陟罚臧否"：陟罚，升官和惩罚。臧否，好坏、善恶。
5. "犯科"：触犯法律中的科条。
6. "裨"：增益。
7. "行陈"：指军队。陈，通"阵"。
8. "先汉"：指西汉。
9. "贞良"：坚贞优秀。
10. "卑鄙"：地位低下，见识短浅。
11. "驱驰"：原意为牲口奔跑，喻为人效劳。
12. "驽钝"：这里以劣马（驽）和不锋利的刀（钝）来比喻自己才能的平庸。
13. "奸凶"：指曹魏。
14. "旧都"：指西汉的都城长安或洛阳。
15. "慢"：失职。

导读

陆游有诗云:"出师一表真名世,千载谁堪伯仲间。"此诗代表了历代人士对诸葛亮和《出师表》的推崇。蜀汉建兴五年,诸葛亮率军北驻汉中,准备北伐曹魏。本文是出兵之前,他向后主刘禅上的奏疏,题目是后人加的。本文就是《前出师表》。但这次北伐失利。后来,他再次率兵北伐,又写了一篇文情并茂的奏疏,即后世所传《后出师表》。文中,他针对刘禅的错误进行规劝讽谏,切中时弊,提出了许多值得后世君主借鉴的见解。同时,因他一腔忠良之气尽注文中,故全文十分真诚恳切,是一篇很能表现品格的、富于情感的文章。

陈　情　表

李　密

臣密言：臣以险衅（xìn），夙（sù）遭闵（mǐn）凶，生孩六月，慈父见背，行年四岁，舅夺母志。祖母刘悯（mǐn）臣孤弱，躬亲抚养。臣少多疾病，九岁不行，零丁孤苦，至于成立。既无伯叔，终鲜兄弟，门衰祚（zuò）薄，晚有儿息。外无期（jī）功强近之亲，内无应门五尺之僮，茕（qióng）茕孑立，形影相吊。而刘夙婴疾病，常在床蓐，臣侍汤药，未曾废离。

逮奉圣朝，沐浴清化。前太守臣逵，察臣孝廉，后刺史臣荣，举臣秀才。臣以供养无主，辞不赴命。诏书特下，拜臣郎中，寻蒙国恩，除臣洗（xiǎn）马，猥以微贱，当侍东宫，非臣陨首所能上报。臣具以表闻，辞不就职。诏书切峻，责臣逋慢。郡县逼迫，催臣上道；州司临门，急于星火。臣欲奉诏奔驰，则刘病日笃（dǔ），欲苟顺私情，则告诉不许。

臣之进退，实为狼狈。

伏惟圣朝以孝治天下，凡在故老，犹蒙矜(jīn)育，况臣孤苦，特为尤甚。且臣少仕伪朝，历职郎署，本图宦达，不矜名节。今臣亡国贱俘，至微至陋，过蒙拔擢，宠命优渥(wò)，岂敢盘桓，有所希冀？但以刘日薄西山，气息奄奄，人命危浅，朝不虑夕。臣无祖母，无以至今日；祖母无臣，无以终余年。祖孙二人，更相为命，是以区区不能废远。

臣密今年四十有四，祖母刘今年九十有六，是臣尽节于陛下之日长，报养刘之日短也。乌鸟私情，愿乞终养。臣之辛苦，非独蜀之人士及二州牧伯所见明知。皇天后土，实所共鉴。愿陛下矜悯愚诚，听臣微志，庶刘侥倖，保卒余年，臣生当陨首，死当结草。臣不胜犬马怖惧之情，谨拜表以闻。

 作者简介

李密，三国时犍为武阳（今四川彭山）人。父早死，母何氏改嫁，他自幼由祖母刘氏养育成人。在蜀国曾任尚书郎，并出使吴国。晋武帝立太子，召他作太子洗马，他不愿就任，便写了这篇《陈情表》。武帝看后，给他奴婢二人，还给他赡养祖母的费用。刘氏死后，他出任为河内温县令，有政绩。除此，他还对经学训诂有研究，曾授学徒。

简 注

1. "险衅"：灾难祸患，指命运坎坷。
2. "见背"：死亡。
3. "舅夺母志"：即舅父侵夺了母亲守节的志向，意思是母亲改嫁。
4. "祚"：福泽。
5. "儿息"：儿子。
6. "茕茕孑立"：孤苦无依。
7. "清化"：清明的政治教化。
8. "察臣孝廉"：以孝廉的科目推举作者。察，考察，这里是推举的意思。孝廉，汉代开始的一种选拔人才的方式，称为察举制，孝廉是其中的一种科目。
9. "秀才"：和孝廉一样，都是当时推举优秀人才的一种科目。
10. "洗马"：太子属官。
11. "猥"：辱。自谦词。
12. "东宫"：本指太子住所。这里指太子。
13. "切峻"：急切严厉。
14. "逋慢"：回避怠慢。
15. "日笃"：一天天沉重。
16. "矜育"：怜惜抚育。
17. "历职郎署"：指曾在蜀汉官署中做过郎官。
18. "乌鸟私情"：相传鸦有反哺之义，常用来喻子女对父母的赡养之情。
19. "二州牧伯"：指益州和梁州（相当于蜀汉所统治的地区）的刺史。
20. "皇天后土"：犹言天地神明。
21. "愚诚"：愚拙的至诚之心。谦词。

[22] "结草"：晋大夫魏武子临终时嘱其子魏颗杀遗妾以陪葬。颗未按其父亲的交代办理，而让父妾出嫁。后魏颗与秦将杜回作战，见一老人结草环绊倒杜回，使之被擒。晚上，颗梦一老人，自称是魏武子遗妾之父，白天结草绊杜回的行动，是为了报答不杀其女之恩。后来就用"结草"作报恩的借代语。

导 读

表，是臣子写给皇帝的书信。有人认为，李密曾为蜀国大臣，在正统观念看来，蜀国是刘氏正统，魏、晋是新朝，因此，李密不愿应晋武帝之召，于是托言祖母年老无人照顾而推拒。但此文中丝毫看不出拒绝皇帝的意思，倒是把祖孙之情渲染得淋漓尽致，具体困难说得充分合理，难怪晋武帝都被感动了。正因它措辞委婉动听，历来是人们传诵的散文佳品。

兰亭集序

王羲之

永和九年,岁在癸丑,暮春之初,会于会稽山阴之兰亭,修禊(xì)事也。群贤毕至,少长咸集。此地有崇山峻岭,茂林修竹;又有清流激湍,映带左右,引以为流觞(shāng)曲水,一觞一咏,亦足以畅叙幽情。是日也,天朗气清,惠风和畅。仰观宇宙之大,俯察品类之盛,所以游目骋怀,足以极视听之娱,信可乐也。

夫人之相与,俯仰一世,或取诸怀抱,晤言一室之内;或因寄所托,放浪形骸(hái)之外。虽趣舍万殊,静躁不同,当其欣于所遇,暂得于己,快然自足,不知老之将至;及其所之既倦,情随事迁,感慨系之矣。向之所欣,俯仰之间,已为陈迹,犹不能不以之兴怀;况修短随化,终期于尽。古人云:"死生亦大矣。"岂不痛哉!

每览昔人兴感之由,若合一契,未尝不临

文嗟悼，不能喻之于怀。固知一死生为虚诞，齐彭殇（shāng）为妄作。后之视今，亦犹今之视昔。悲夫！故列叙时人，录其所述。虽世殊事异，所以兴怀，其致一也。后之览者，亦将有感于斯文。

作者简介

王羲之，东晋琅琊（今山东临沂）人。胸怀旷达，爱好自然山水。曾为右军参军、会稽内史等官，世称"王右军"。是我国最著名的书法家，有"书圣"之称。书法成就卓绝于世，书迹为历代所宝，影响绝大。《兰亭集序》既是他的书法绝作，也是他精心写作的佳文，历代为世称道。

简注

1. "永和"：晋穆帝年号。
2. "会稽山阴"：会稽，郡名，包括今浙江西部、江苏东南部一带地方。山阴，今浙江绍兴。
3. "修禊"：古俗，阴历三月三日（魏以后固定在这一天），人们群集于水滨，嬉戏洗濯，以祛除灾祸和求福。
4. "群贤"：指谢安等与会的三十二位名流。
5. "流觞曲水"：用漆制的酒杯盛酒，置于水中，漂流到谁的面前谁就引杯喝酒。
6. "晤言"：指心领神会的妙悟之言。
7. "趣舍"：同"取舍"。
8. "契"：符契，古代的一种信物。
9. "齐彭殇"：把高寿的彭祖和短命的殇子看成一样。

导读

　　本文是宴游诗序中素负盛名的一篇,以清新朴实的语言反映现实,直抒胸臆,在东晋初年雕章琢句习气渐开的文坛上,独创一格。文章先叙后议,先总叙盛会的时间、地点和原因,然后述写景物,抒发感怀,对时人世物生发感慨。全文叙景则清新明丽,发感则浓烈鲜明。以短句为主,一气呵成,流丽畅达。

五柳先生传

陶渊明

先生不知何许人也,亦不详其姓字,宅边有五柳树,因以为号焉。闲静少言,不慕荣利。好读书,不求甚解;每有会意,便欣然忘食。性嗜(shì)酒,家贫不能常得。亲旧知其如此,或置酒而招之。造饮辄(zhé)尽,期在必醉;既醉而退,曾不吝情去留。环堵萧然,不蔽风日,短褐穿结,箪(dān)瓢屡空,晏(yàn)如也。常著文章自娱,颇示己志。忘怀得失,以此自终。

赞曰:黔娄之妻有言:"不戚戚于贫贱,不汲汲(jí)于富贵。"其言,兹若人之俦(chóu)乎?衔觞(shāng)赋诗,以乐其志。无怀氏之民欤?葛天氏之民欤?

作者简介

陶渊明，字元亮，后改名潜，浔阳柴桑（今江西九江西南）人。曾祖陶侃，在晋朝做过大司马。父亲也做过武昌太守，但到他这一代家世已衰落。他一生中，做过"祭酒"、"参军"之类的地方小吏，也做过几天彭泽县令。四十一岁后，便"归去来兮"，一直过着隐居田园的生活。他隐居并非不关心政治和时事，而是对现实不满，也不愿为五斗米折腰。他在《桃花源记》中创造出的"世外桃源"，成为后世人们心中理想的"乌托邦"世界的象征。

简注

1. "不求甚解"：指读书只求理解其精神，不执著于一字一句的研究。
2. "有会意"：指对书中的意义有所领会，即有新的启示。
3. "环堵"：四周的墙壁。
4. "短褐"：粗布的袄。
5. "穿结"：指衣服破烂。
6. "箪瓢"：盛饭的竹器，舀水的葫芦。
7. "晏如"：安然自得。
8. "黔娄"句：黔娄，春秋鲁人，无意做官，死后曾子前往吊丧，黔娄的妻子赞扬其丈夫"……不戚戚于贫贱，不汲汲于富贵"。戚戚，忧虑的样子。汲汲，极力追求的样子。
9. "无怀氏"、"葛天氏"：都是传说中古朴淳厚的上古帝王。

导读

本文是陶渊明托名五柳先生而作的一篇自传。文中所言"不慕荣利"、"好读书"、"嗜酒"、"家贫"、"著文章自娱"、安贫乐道等，基本上都符合他的实际生活情况。但陶渊明的生活志趣是多方面的，这里只是一个方面。但仅这点，已很能表现一个人的品质、个性、志趣了，而且创造出了一个闲适恬淡、高洁儒雅的人物形象，使人读后自然而生"淡泊以明志"的情愫。

与朱元思书

吴 均

风烟俱净，天山共色，从流飘荡，任意东西。自富阳至桐庐，一百许里，奇山异水，天下独绝。水皆缥碧，千丈见底。游鱼细石，直视无碍。急湍（tuān）甚箭，猛浪若奔。夹岸高山，皆生寒树，负势竞上，互相轩邈（xuān miǎo），争高直指，千百成峰。泉水激石，泠（líng）泠作响。好鸟相鸣，嘤（yīng）嘤成韵。蝉则千转不穷，猿（yuán）则百叫无绝。鸢（yuān）飞戾（lì）天者，望峰息心；经纶世务者，窥谷忘返。横柯上蔽，在昼犹昏；疏条交映，有时见日。

作者简介

吴均，南朝梁时文学家，吴兴故鄣（今浙江安吉）人。家贫好学，曾任奉朝请。因私撰《齐春秋》而免官。后又奉诏撰《通史》，未成而卒。他的诗文多描写山水景物，风格清新峭拔，艺术成就较高。在当时的文坛上，他有很大的影响，许多人都效仿他的文体，号为"吴均体"。其《续齐谐记》流传较广。

简注

1. "从流飘荡"：（乘着船）随江流漂浮荡漾。
2. "富阳"：今属杭州市。
3. "桐庐"，在富阳西南，今属杭州市。
4. "缥碧"：青白色。
5. "甚箭"：比箭还快。
6. "奔"：指快马，作名词用。
7. "负势竞上"：高山凭着（高峻的）形势，争着向上。
8. "嘤嘤"：鸟鸣声。
9. "猨"：即猿。
10. "鸢飞戾天"：鸢鸟飞到天上。鸢，一种鸟，比喻小人。戾，到。
11. "息心"：平息热衷功名利禄的心志。
12. "横柯上蔽"：斜着的枝条遮蔽天日。
13. "见"：通"现"。

导读

  这是作者写给朋友朱元思信中的一节，写主人公乘船从富阳至桐庐沿途所见所闻的壮丽景色及愉悦脱俗的心境。画山摹水，抓住特色，清新传神；形容花草树木，姿态横生；摄录飞禽走兽之形声，别具韵味；传达逍遥弃俗之心情，引人神往。仔细品味，仿佛是在看现代风景纪录片，真是一种享受。

三 峡

郦道元

　　自三峡七百里中，两岸连山，略无阙处。重岩叠嶂，隐天蔽日。自非亭午夜分，不见曦（xī）月。

　　至于夏水襄陵，沿溯（sù）阻绝。或王命急宣，有时朝发白帝，暮到江陵，其间千二百里，虽乘奔御风不以疾也。

　　春冬之时，则素湍（tuān）绿潭，回清倒影。绝巘（yǎn）多生怪柏，悬泉瀑布，飞漱其间。清荣峻茂，良多趣味。

　　每至晴初霜旦，林寒涧肃，常有高猿长啸，属（zhǔ）引凄异，空谷传响，哀转久绝。故渔者歌曰："巴东三峡巫峡长，猿鸣三声泪沾裳！"

作者简介

　　郦道元，字善长，北魏范阳（今河北涿州）人。袭父爵。曾任尚书主客郎、东荆州刺史、御史中尉等官职。因得罪权贵，迁陇西，为雍州刺史萧宝夤（yín）杀害。他一生好学，博览群书，著《水经注》四十卷。《水经》是我国古代的一部地理著作，然其内容简略，又多错谬。道元博采众说，充分占有当时所能收集到的资料，并历尽艰辛，亲身实地考察，补充和修订了《水经》之不足，写成了《水经注》一书。它不仅是我国古代的一部重要地理著作，而且是一部脍炙人口的散文作品，在我国文学史上产生过重大影响。

简 注

1. "嶂"：像屏障般的山峰。
2. "亭午夜分"：正午和半夜。
3. "曦"：日光，这里指太阳。
4. "襄陵"：漫淹到山岗。
5. "沿溯"：沿，顺江而下；溯，逆流而上。
6. "乘奔"：驾着奔马。
7. "绝巘"：极高极陡的山。巘，顶部呈凹形的山。
8. "清荣峻茂"：指水清、树荣、山高、草茂。
9. "晴初霜旦"：初晴的日子，结霜的早晨。
10. "涧肃"：溪涧寂静。
11. "属引"：连续不断。
12. "哀转"：悲哀婉转。
13. "巴东"：郡名，在今四川云阳、奉节一带。

导 读

　　文章描绘了长江三峡的地理形胜及其四季的景色,展示万里长江中一幅特别雄奇秀丽的画卷。全文分四段。首段总写三峡重峦叠嶂、雄伟峻拔的山势。着笔在"连"和"峻"上。后三段分写三峡四季不同的景色。

　　夏季着重写水。"襄陵",突出水势之大;"阻绝",则写出了水流之急。冬春二季,先写"素湍绿潭,回清倒影",给人以优美宁静的感受,与上文写出的滔滔巨浪形成鲜明对照。接着写绝巘、怪柏、悬泉、瀑布,使读者于雄奇中领略到秀丽的情趣。最后用"清荣峻茂,良多趣味"总括前文的描述,表现了作者对景欣然的感情。为避免重复,秋天的景色,只着重写了三峡的猿鸣。以"林寒涧肃"为背景,衬托出三峡猿鸣的"凄异"、"哀转",显得生动、逼真,富有特色。

　　文章短小,但结构严密完整,布局巧妙妥帖,前后互相映衬,从不同的角度,写出了三峡的特色。既有粗线勾勒,又有工笔画;既有全景鸟瞰,又有分镜头画面。着墨不多,而意境盎然。

滕王阁序

王 勃

豫章故郡，洪都新府。星分翼轸，地接衡庐。襟三江而带五湖，控蛮荆而引瓯越。物华天宝，龙光射牛斗之墟；人杰地灵，徐孺下陈蕃之榻。雄州雾列，俊采星驰。台隍枕夷夏之交，宾主尽东南之美。都督阎公之雅望，棨（qǐ）戟遥临；宇文新州之懿（yì）范，襜帷暂驻。十旬休假，胜友如云；千里逢迎，高朋满座。腾蛟起凤，孟学士之词宗；紫电青霜，王将军之武库。家君作宰，路出名区；童子何知，躬逢胜饯。

时维九月，序属三秋。潦（lǎo）水尽而寒潭清，烟光凝而暮山紫。俨骖騑（cān fēi）于上路，访风景于崇阿（ē）。临帝子之长洲，得天人之旧馆。层峦耸翠，上出重霄；飞阁流丹，下临无地。鹤汀凫（fú）渚，穷岛屿之萦回；桂殿兰宫，即冈峦之体势。

披绣闼（tà），俯雕甍（méng）。山原旷其盈视，川泽纡其骇瞩。闾阎扑地，钟鸣鼎食之家；舸舰迷津，青雀黄龙之舳。云销雨霁，彩彻区明。落霞与孤鹜（wù）齐飞，秋水共长天一色。渔舟唱晚，响穷彭蠡（lǐ）之滨；雁阵惊寒，声断衡阳之浦。

遥襟甫畅，逸兴遄（chuán）飞。爽籁（lài）发而清风生，纤歌凝而白云遏。睢（suī）园绿竹，气凌彭泽之樽；邺（yè）水朱华，光照临川之笔。四美具，二难并。穷睇眄（dì miǎn）于中天，极娱游于暇日。天高地迥，觉宇宙之无穷；兴尽悲来，识盈虚之有数。望长安于日下，目吴会于云间。地势极而南溟深，天柱高而北辰远。关山难越，谁悲失路之人；萍水相逢，尽是他乡之客。怀帝阍（hūn）而不见，奉宣室以何年？

嗟乎！时运不济，命途多舛（chuǎn）。冯唐易老，李广难封。屈贾谊于长沙，非无圣主；窜梁鸿于海曲，岂乏明时？所赖君子见机，达人知命。老当益壮，宁移白首之心；穷且益坚，不坠青云之志。酌贪泉而觉爽，处涸（hé）辙而犹欢。北海虽赊（shē），扶摇可接；东隅已逝，桑榆非晚。孟尝高洁，空余报国之情；阮籍猖狂，岂效穷途之哭！

勃，三尺微命，一介书生。无路请缨，等终军之弱冠；有怀投笔，慕宗悫（què）之长风。舍簪笏（zān hù）于百龄，奉晨昏于万里。非谢家之宝树，接孟氏之芳邻。他日趋庭，叨陪鲤对；今兹捧袂（mèi），喜托龙门。杨意不逢，抚凌云而自惜；钟期既遇，奏流水以何惭！

　　呜呼！胜地不常，盛筵难再。兰亭已矣，梓（zǐ）泽丘墟。临别赠言，幸承恩于伟饯；登高作赋，是所望于群公。敢竭鄙怀，恭疏短引。一言均赋，四韵俱成。请洒潘江，各倾陆海云尔。

作者简介

　　王勃，字子安，绛州龙门（今山西河津）人，其祖父王通，乃隋末的著名学者。王勃六岁时即可作文章，不到二十岁即应举及第，并授受官职。当时诸王斗鸡，他替沛王李贤作了篇《檄英王斗鸡文》，唐高宗认为他挑拨两王关系，将他逐出沛王府。后来曾任虢州参军，又因罪除名。他父亲也受株连被贬为交趾（今属越南）令。上元二年，王勃往交趾省父，十一月过海落水而死，此事发生于作此文后数月。王勃与同时的杨炯、卢照邻、骆宾王并称"初唐四杰"。

简注

1. "豫章"：滕王阁在今江西南昌，南昌为汉豫章郡治。
2. "洪都"：汉豫章郡，唐改为洪州，设都督府。
3. "星分翼轸"：豫章属吴地，《晋书·天文志》载，吴越扬州当牛斗二星的分野，与翼轸二星宿相邻。
4. "襟三江"句：以三江为襟，以五湖为带。三江，长江下游的江河。五湖，南方大湖的总称。
5. "蛮荆"：古楚地。
6. "瓯越"：古越地。
7. "徐孺"句：东汉名士陈蕃为豫章太守，不纳宾客，唯徐孺来后才设一睡榻。徐孺，徐孺子的省称，名稚，南昌人，隐士。
8. "采"：官吏。
9. "十旬休假"：唐制，每隔十日官吏休沐，称"旬休"。"假"，通"暇"。
10. "孟学士"：名未详。下文的"王将军"也是一样。
11. "帝子"：指滕王李元婴。下文的"天人"也是一样。
12. "爽籁"：乐管参差的排箫。
13. "睢园"：梁孝王的竹园。
14. "彭泽"：县名，陶潜曾为彭泽令，这里代他。
15. "帝阍"：天帝的守门人。这里指朝廷。
16. "宣室"：汉未央宫正殿，为皇室中召见大臣和议事之处。这里指在宣室中召见他，任命他官职。
17. "窜梁鸿句"：梁鸿，东汉人，得罪章帝，避居齐鲁、吴中。明时，政治清明的时代。
18. "贪泉"：在广州附近的石门，传说饮此水后会贪得无厌。
19. "阮籍"句：阮籍，字嗣宗，晋代名士。史载籍"时率意独驾，不由径路，车迹所穷，辄恸哭而反"。

[20] "簪笏"：冠簪、手版，官吏用物，这里代官职。
[21] "百龄"：百年。
[22] "捧袂"：举起双袖，表示恭敬。
[23] "兰亭"：在今浙江绍兴市附近，王羲之于永和九年曾与客宴会于此，行修禊礼。
[24] "梓泽"：晋石崇的金谷园，故址在今洛阳市西北。
[25] "请洒"二句：《诗品》中有"陆（机）才如海，潘（岳）才如江"，意谓请诸位展露挥洒陆机、潘岳般的文章的文采与才华。

导读

滕王阁与黄鹤楼、岳阳楼并称江南三大名楼。名楼须有名文，方是珠联璧合，相映生辉。岳阳楼有范仲淹的《岳阳楼记》，黄鹤楼有崔颢的名诗《黄鹤楼》，而滕王阁呢？就是有这篇《滕王阁序》。此楼乃滕王（唐高祖李渊第二十二子）主持修建的邑阁。本文是一篇著名的骈体文。作者巧妙地将古代典故中受人传颂的美谈与眼前的情景结合起来，典故用得虽多却充实、得体，能为表达主题服务，丝毫不显生涩和罗列。词藻华丽，名句叠出，为后世所传诵，并衍生出许多故事。正因如此，它在文学史上一直占有很重要的地位。

代李敬业传檄天下文

骆宾王

伪临朝武氏者，性非和顺，地实寒微。昔充太宗下陈，尝以更衣入侍。洎（jì）乎晚节，秽乱春宫。密隐先帝之私，阴图后房之嬖（pì）。入门见嫉，蛾眉不肯让人；掩袖工谗，狐媚偏能惑主。践元后于翚翟（huī dí），陷吾君于聚麀（yōu）。加以虺蜴（huǐ yì）为心，豺狼成性。近狎邪僻，残害忠良。杀姊屠兄，弑（shì）君鸩（zhěn）母。神人之所共疾，天地之所不容。犹复包藏祸心，窥窃神器。君之爱子，幽之于别宫；贼之宗盟，委之以重任。

呜呼！霍子孟之不作，朱虚侯之已亡。燕啄皇孙，知汉祚（zuò）之将尽；龙漦（chí）帝后，识夏庭之遽（jù）衰。

敬业皇唐旧臣，公侯冢子。奉先帝之遗训，荷本朝之厚恩。宋微子之兴悲，良有以也；桓君山之流涕，岂徒然哉！是用气愤风云，志安社稷（jì）。因天下之失望，顺宇内心推心。爰（yuán）举义旗，誓清妖孽。

南连百越，北尽三河，铁骑成群，玉轴相接。海陵红粟，仓储之积靡穷；江浦黄旗，匡复之功何远。班声动而北风起，剑气冲而南斗平。喑呜则山岳崩颓，叱咤则风云变色。以此制敌，何敌不摧？以此攻城，何城不克？

公等或家传汉爵，或地协周亲，或膺重寄于爪牙，或受顾命于宣室。言犹在耳，忠岂忘心！一抔之土未干，六尺之孤安在！倘能转祸为福，送往事居，共立勤王之勋，无废大君之命，凡诸爵赏，同指山河。若其眷恋穷城，徘徊歧路，坐昧先几之兆，必贻后至之诛。

请看今日之域中，竟是谁家之天下！

移檄（xí）州郡，咸使知闻。

作者简介

骆宾王，唐文学家，"初唐四杰"之一，浙江义乌人。曾任长安县主簿、临海县丞等官职。李敬业起兵反武则天，他参加了幕府，敬业败绩，他下落不明，或传说被杀，或说他做了和尚。

简注

1. "临朝"：莅临朝廷掌政。
2. "下陈"：指武则天曾是唐太宗的才人。
3. "洎"：及、到。
4. "晚节"：后来。
5. "春宫"：指东宫，太子住地。本句指武则天曾与太子关系暧昧。
6. "蛾眉"：古人以飞蛾的触须喻女子修长美丽的眉毛。这里借指美女。
7. "工谗"：善于以谗言害人。
8. "元后"：皇后。
9. "翚翟"：用美丽的鸟羽织成的衣服，指皇后礼服。
10. "聚麀"：喻乱伦。本义为多匹牡鹿共一匹牝鹿。这里指武则天原是太宗的才人，后来是高宗皇后，使其乱伦。麀，母鹿。
11. "神器"：指皇位。
12. "君之"句：指高宗死后，武后废中宗李显为庐陵王之事。
13. "霍子孟"：即霍光，西汉重臣。受武帝遗诏辅幼主昭帝。昭帝死后，昌邑王刘贺继位，荒淫无道，光废之，立宣帝。
14. "朱虚侯"：汉高祖之孙刘章，封朱虚侯，曾与丞相陈平、太尉周勃合谋诛灭吕氏，拥立汉文帝。
15. "燕啄皇孙"：指汉成帝皇后赵飞燕以无子而妒杀了众多皇子之事。
16. "龙漦帝后"：传夏王朝衰落时，有两条神龙降落宫中，吐下涎沫。夏后将龙涎藏于木盒中。周厉王时，木盒开启，龙涎溢出。一宫女感而生褒姒，得宠于幽王，使废太子，导致西周灭亡。
17. "冢子"：嫡长子。
18. "爰"：于是。
19. "顾命"：君王临死时的遗命。
20. "穷城"：孤立无援的城邑。

- 21 "昧"：不分明。
- 22 "先几"：事先。
- 23 "后至之诛"：意谓迟疑不前，一定要受到惩处。

导 读

徐敬业，即李敬业。因祖父归唐，赐姓李。敬业少有勇名，屡从其祖父东征西讨，后贬为柳州司马。武则天废唐中宗，自称帝，他与骆宾王等人在扬州起兵，声讨武则天。武则天削去他的官爵，复姓徐，兵败而死。本檄文即骆宾王替李敬业写的。文章出于维护唐朝李姓正统，所举事例与历史事实不尽一致。但文章写得情感充沛，气势宏伟，词章优美，历来为世人传诵。传说，武则天初看此文开头，微笑道："也不过如此！"及读至"一抔之土未干，六尺之孤安在"一句时，她惊奇作者才情非凡，可惜不能为她所用。结尾句"请看今日之域中，竟是谁家之天下"，充满必胜信心，富于感召力和鼓动性，成为后世常引用的名言。

山中与裴秀才迪书

王 维

近腊月下,景气和畅,故山殊可过。足下方温经,猥(wěi)不敢相烦。辄便往山中,憩感配寺,与山僧饭讫而去。

北涉玄灞(bà),清月映郭,夜登华子冈,辋(wǎng)水沦涟,与月上下。寒山远火,明灭林外。深巷寒犬,吠声如豹。村墟夜舂,复与疏钟相间。此时独坐,僮仆静默,多思曩(nǎng)昔,携手赋诗,步仄径,临清流也。

当待春中,草木蔓发,春山可望,轻鲦(tiáo)出水,白鸥矫翼,露湿青皋(gāo),麦陇朝雊(gòu)。斯之不远,倘能从我游乎?非子天机清妙者,岂能以此不急之务相邀?然是中有深趣矣。无忽!因驮黄檗(niè)人往,不一。山中人王维白。

作者简介

王维，字摩诘，太原祁（今山西祁县）人。唐开元十九年进士，为大乐丞。张九龄执政时，任右拾遗，张九龄失势后，王维逐渐走上隐居道路。天宝之乱时，被安禄山所俘。乱平，被降职，仕至尚书右丞。后来仍然归隐。他是著名诗人，也是著名画家，后人评他的作品是"诗中有画，画中有诗"。

简注

1. "殊可过"：很可过游。
2. "温经"：温习经书。
3. "猥"：鄙，自谦词。
4. "灞"：水名，在陕西蓝田。
5. "华子冈"：地名，辋川胜景之一。
6. "沦涟"：细小的水波。
7. "上下"：指空中和水上。
8. "曩昔"：从前。
9. "仄径"：山间小路。
10. "鲦"：鱼名。
11. "矫翼"：举翼。
12. "蘖"：药性植物。
13. "不一"：不一一地讲了。

导读

裴迪，王维好友，早年一同住在终南山，后来又一同在辋川山庄"浮舟往来，弹琴赋诗，啸咏终日"。秀才，唐代人对士子的泛称。此信写于天宝之乱以前，是篇流连山水之佳作。虽是书信，却有"诗中有画、画中有诗"的意趣。

送董邵南序

韩 愈

燕赵古称多感慨悲歌之士。董生举进士，连不得志于有司，怀抱利器，郁郁适兹土，吾知其必有合也。董生勉乎哉！

夫以子之不遇时，苟慕义强仁者，皆爱惜焉。矧（shěn）燕赵之士，出乎其性者哉！然吾尝闻风俗与化移易，吾恶（wū）知其今不异于古所云耶？聊以吾子之行卜之也。董生勉乎哉！

吾因子有所感矣。为我吊望诸君之墓，而观于其市，复有昔时屠狗者乎？为我谢曰：明天子在上，可以出而仕矣！

作者简介

韩愈，字退之，又称韩昌黎，今河南孟州人。他在文学史上最大的功绩是倡导了古文运动，扫荡了六朝以来的骈偶文风。对于散文，无论是记叙体、议论体、抒情体，他各体兼长，皆有名篇。是"唐宋八大家"之一，有"文起八代之衰"之誉，故世又称他为"文起公"。

简注

1. "序"，是赠言文章，唐始，盛行该文体。
2. "燕赵"：战国时燕国位于今河北北部、辽宁西部一带；赵国位于今山西北部、河北西部一带。
3. "有司"：这里指主持进士考试的礼部官员。
4. "利器"：喻杰出的才能。
5. "兹土"：指当时河北卢龙、成德、魏博三镇，都自置官吏，不受朝廷节制。
6. "慕义强仁者"：仰慕正义、力行仁道的人。
7. "矧"：况且。
8. "出乎其性"：（仰慕正义）出自他们的本性。
9. "风俗与化移易"：风俗随教化改变。
10. "恶知"：怎知。
11. "望诸君"：即乐毅，战国时燕国名将，辅燕昭王成霸业，后遭诬陷归赵，封于观津，称"望诸君"。
12. "昔时屠狗者"：战国末，高渐离屠狗于燕市，为报其友荆轲刺秦被杀之仇未遂而死。这里泛指不得志的豪杰义士。

导读

当时河北藩镇强大，招纳士人做他们的幕府，颇有割据之意。董邵南举进士，不得志，将往河北游。文中对董邵南的不得志表示同情，而对他投托藩镇又不赞成，故隐有讽劝之意。全文精短，但一唱三叹，一波三折，层层递进，文笔畅快而又浓郁，既有正义感，又有人情味。

送李愿归盘谷序

韩愈

太行之阳有盘谷。盘谷之间,泉甘而土肥,草木丛茂,居民鲜少。或曰:"谓其环两山之间,故曰盘。"或曰:"是谷也,宅幽而势阻,隐者之所盘旋。"友人李愿居之。

愿之言曰:"人之称大丈夫者,我知之矣。利泽施于人,名声昭于时。坐于庙朝,进退百官,而佐天子出令。其在外,则树旗旄(máo),罗弓矢,武夫前呵,从者塞途。供给之人,各执其物,夹道而疾驰。喜有赏,怒有刑。才俊满前,道古今而誉盛德,入耳而不烦。曲眉丰颊,清声而便体,秀外而惠中,飘轻裾、翳(yì)长袖、粉白黛绿者,列屋而闲居,妒宠而负恃,争妍而取怜。大丈夫之遇知于天子、用力于当世者之所为也。吾非恶此而逃之,是有命焉,不可幸而致也。

"穷居而野处,升高而望远,坐茂树以终日,濯(zhuó)清泉以自洁。采于山,美可茹；钓于水，鲜可食。起居无时，惟适之安。与其有誉于前，孰若无毁于其后？与其有乐于身，孰若无忧于其心？车服不维，刀锯不加，理乱不知，黜（chù）陟不闻。大丈夫不遇于时者之所为也，我则行之。

"伺候于公卿之门，奔走于形势之途，足将进而趑趄（zī jū），口将言而嗫嚅（niè rú），处秽污而不羞，触刑辟而诛戮（lù），侥幸于万一，老死而后止者，其于为人，贤不肖何如也？"

昌黎韩愈，闻其言而壮之，与之酒而为之歌曰："盘之中，维子之宫；盘之土，维子之稼；盘之泉，可濯可沿；盘之阻，谁争子所？窈而深，廓其有容；缭而曲，如往而复。嗟盘之乐兮，乐且无殃。虎豹远迹兮，蛟龙遁藏；鬼神守护兮，呵禁不祥。饮则食兮寿而康，无不足兮奚所望？膏吾车兮秣（mò）吾马，从子于盘兮，终吾生以徜徉（cháng yáng）。"

作者简介

韩愈,字退之,又称韩昌黎,今河南孟州人。他在文学史上最大的功绩是倡导了古文运动,扫荡了六朝以来的骈偶文风。对于散文,无论是记叙体、议论体、抒情体,他各体兼长,皆有名篇。是"唐宋八大家"之一,有"文起八代之衰"之誉,故世又称他为"文起公"。

简注

1. "盘旋":同盘桓,留连。
2. "利泽":利益和恩泽。
3. "进退":这里指任免官吏。
4. "旗旄":旗帜。旄,旗竿上饰以牦牛尾毛的旗帜。
5. "惠中":聪慧的资质。惠,同"慧"。
6. "黛":古代妇女用以画眉的青黑色染料。
7. "车服":代指官职。
8. "刀锯":刑具。
9. "理":即"治",唐时避高宗李治讳改用义近的"理"。
10. "形势":地位和权势。
11. "趑趄":踌躇不前。
12. "嗫嚅":欲言而不敢言的样子。
13. "刑辟":刑罚。
14. "窈":深远。
15. "廓其有容":开阔而有所容。其,同"而"。
16. "缭":屈曲。
17. "膏":将车轴擦上油。
18. "倘徉":自由自在地来往。

导读

　　李愿是个隐士。盘谷,地名,在今河南济源北。序,即赠言。本文写于唐德宗贞元十七年,时作者三十四岁。安史之乱后,唐王朝政治腐败,藩镇叛乱频繁。作者在叛乱中失掉官职,于本年到京师求官,等候安排。所遇所见,使他心情十分沉郁。文章中,他借李愿的口,尖锐地嘲讽那些声势显赫的大官僚,鄙薄追求功名利禄的无耻之徒,并将他们与隐逸山林的高洁之士进行对比,流露出对隐士生活的钦慕之情。文中饱含激愤之情,行文奔放,且不乏幽默机智,难怪苏轼称誉它为唐代文章之冠!

陋室铭

刘禹锡

山不在高，有仙则名。水不在深，有龙则灵。斯是陋室，惟吾德馨（xīn）。苔痕上阶绿，草色入帘青。谈笑有鸿儒，往来无白丁。可以调素琴，阅金经。无丝竹之乱耳，无案牍之劳形。南阳诸葛庐，西蜀子云亭。孔子云："何陋之有？"

作者简介

刘禹锡，字梦得，彭城（今江苏徐州）人。自称是汉代中山王刘胜后裔。曾与柳宗元等参加了以王叔文为首的政治集团，提出一系列改革主张。改革失败后，被贬为朗州（今湖南常德）司马，后又做过多地的刺史，晚年迁太子宾客。他是唐代中叶杰出的文学家，尤以诗的成就最高。

简 注

1. "陋室":狭小而陈设简陋的房间。
2. "馨":能散布到远方的香气。
3. "鸿儒":泛指博学之士。
4. "白丁":本指平民,这里指不学无术之人。
5. "素琴":不加雕绘装饰的琴。
6. "金经":即《金刚经》,佛教经典。
7. "丝竹":指弦乐管乐。
8. "案牍":官吏日常处理的文件。
9. "子云":汉扬雄字子云,西蜀人。"子云亭",即指其住所。
10. "何陋之有":此句式表宾语提前,意即"有何陋"。

导 读

虽是陋室,只要主人品德高尚、才华卓绝、兴趣博雅,则陋室远胜豪华别墅。文中流露了作者清高雅致、孤芳自赏、不与世俗同流合污的志趣。文章由比兴手法导入,然后列述几件富有典型性的主人品德和生活内容,最后以古代贤哲之语巧妙作结,短小精炼,清新别致。全文以四言为主,间以五言、六言,有如诗句,节奏明快,朗朗上口。本文正是以其情趣和艺术性成为历代传诵的佳作。

捕蛇者说

柳宗元

永州之野产异蛇，黑质而白章。触草木，尽死；以啮（niè）人，无御之者。然得而腊（xī）之以为饵，可以已大风、挛踠（luán wǎn）、瘘（lòu）、疠（lì），去死肌，杀三虫。其始，太医以王命聚之，岁赋其二，募有能捕之者，当其租入。永之人争奔走焉。

有蒋氏者，专其利三世矣。问之，则曰："吾祖死于是，吾父死于是。今吾嗣（sì）为之十二年，几死者数矣。"言之貌若甚戚者。

余悲之，且曰："若毒之乎？余将告于莅事者，更若役，复若赋，则何如？"

蒋氏大戚，汪然出涕曰："君将哀而生之乎？则吾斯役之不幸，未若复吾赋不幸之甚也。向吾不为斯役，则久已病矣。自吾氏三世居是乡，积于今六十岁矣，而乡邻之生日蹙（cù）。殚（dān）其地之出，竭其庐之入，号呼而转徙（xǐ），饥渴而顿踣（bó），触风雨，犯寒暑，呼嘘毒疠，往往而死者相藉也。曩（nǎng）与吾祖居者，今其室十无一焉；与吾父居者，今其室十无二三焉；与吾居十二年者，今其室十无四五焉。非死则徙尔。而吾以捕蛇独存。

"悍吏之来吾乡，叫嚣乎东西，隳（huī）突乎南北，哗然而骇者，虽鸡狗不得宁焉。吾恂恂而起，视其缶（fǒu），而吾蛇尚存，则弛然而卧。谨食（sì）之，时而献焉。退而甘食其土之有，以尽吾齿。盖一岁之犯死者二焉，其余则熙熙而乐，岂若吾乡邻之旦旦有是哉？今虽死乎此，比吾乡邻之死则已后矣，又安敢毒邪？"

余闻而愈悲。孔子曰："苛政猛于虎也。"吾尝疑乎是，今以蒋氏观之，犹信。

呜呼！孰知赋敛之毒有甚是蛇者乎？故为之说，以俟（sì）夫观人风者得焉。

作者简介

柳宗元，字子厚，今山西永济人，是唐代进步的思想家和著名的文学家，与韩愈同为古文运动的主要人物，为"唐宋八大家"之一。他长期受贬谪，作品能反映社会许多重要方面，同情人民疾苦。其散文有独特艺术风格，成就甚高。

简注

1. "黑质而白章"：皮层的底子为黑色，上有白色的花纹。
2. "啮"：咬。
3. "腊"：把肉类物品晾干。
4. "饵"：药饵。
5. "大风、挛踠、瘘、疠"：大风，麻疯病。挛踠，手足弯曲不能伸展的病。瘘、疠，脖子肿、恶疮。
6. "三虫"：脑、胸、腹部的虫。
7. "岁赋其二"：每年征收两次。
8. "戚"：忧愁的样子。
9. "若毒之乎"：你认为干这事很痛苦吗？
10. "病"：这里是困苦到极点的意思。
11. "蹙"：窘迫。
12. "顿踣"：劳累困顿而致倒毙。
13. "隳突"：骚扰。
14. "恂恂"：小心谨慎。
15. "齿"：指年龄。
16. "观人风者"：考察民风的人。唐避太宗李世民讳，将"民"改用为"人"。

导 读

　　本文写于柳宗元被贬为永州司马期间。全篇通过捕蛇者之口，记叙了蒋氏一家三代冒死捕蛇、抵偿赋税的悲惨遭遇，表现了当时百姓在苛捐杂税的重压下十室九空、非死即迁的痛苦生活，深刻地揭露了统治者横征暴敛、残酷掠夺人民的罪行。作者对劳动人民的不幸寄予深刻同情，把矛头直指官府悍吏，殊为可贵。全文自始至终将毒蛇与赋税相互比照来写，形象、深刻，极富感染力。

钴鉧潭记

柳宗元

钴鉧（gǔ mǔ）潭，在西山西。其始盖冉水自南奔注，抵山石，屈折东流；其颠委势峻，荡击益暴，啮（niè）其涯，故旁广而中深，毕至石乃止；流沫成轮，然后徐行。其清而平者，且十亩余。有树环焉，有泉悬焉。

其上有居者，以予之亟（qì）游也，一旦款门来告曰："不胜官租、私券之委积，既芟（shān）山而更居，愿以潭上田贸财以缓祸。"

予乐而如其言。则崇其台，延其槛（jiàn），行其泉于高者而坠之潭，有声潨（cōng）然。尤与中秋观月为宜，于以见天之高，气之迥（jiǒng）。孰使予乐居夷而忘故土者，非兹潭也欤（yú）？

作者简介

柳宗元，字子厚，今山西永济人，是唐代进步的思想家和著名的文学家，与韩愈同为古文运动的主要人物，为"唐宋八大家"之一。他长期受贬谪，作品能反映社会许多重要方面，同情人民疾苦。其散文有独特艺术风格，成就甚高。

简注

1. "钴鉧潭"：形似熨斗的潭，在今湖南零陵西。
2. "冉水"：即愚溪，原名冉溪、染溪，柳宗元更其名为愚溪。
3. "颠委"：上游和下游。
4. "益暴"：更加厉害。
5. "啮"：侵蚀。
6. "涯"：边沿。这里指岸边。
7. "轮"：水中的旋涡。
8. "亟"：多次。
9. "款门"：敲门。
10. "私券"：私人债券。
11. "委积"：堆积。
12. "芟山"：除草。这里指开荒。
13. "贸财"：换钱。
14. "崇其台"：把台再筑高些。这里指加高潭边的台沿。
15. "延其槛"：加长那里的栏杆。
16. "行"：引导。
17. "居夷"：住在边远的地方。夷，古指东边的少数民族。

导 读

本篇描写了钴鉧潭的位置、形状,以及它周围的环境景物之美,抒发了一种孤独寂寞、寄情山水以解忧的心情。在叙述买田的过程中,传达了当地人民生活在"官租"、"私券"下的痛苦。文中描景状物,扣准特点,造成一种幽清孤峭的氛围,以烘托作者之心境。记叙自然景物时,自然融进社会现实,更富于厚重的现实意义。炼字造句,精简蕴藉,颇耐玩味。

阿房宫赋

杜 牧

六王毕，四海一。蜀山兀（wù），阿房出。覆压三百余里，隔离天日。骊山北构而西折，直走咸阳。二川溶溶，流入宫墙。五步一楼，十步一阁；廊腰缦回，檐牙高啄；各抱地势，钩心斗角。盘盘焉，囷（qūn）囷焉，蜂房水涡，矗不知乎几千万落。长桥卧波，未云何龙？复道行空，不霁何虹？高低冥迷，不知西东。歌台暖响，春光融融；舞殿冷袖，风雨凄凄。一日之内，一宫之间，而气候不齐。

妃嫔媵嫱（yìng qiáng），王子皇孙，辞楼下殿，辇（niǎn）来于秦。朝歌夜弦，为秦宫人。明星荧荧，开妆镜也；绿云扰扰，梳晓鬟（huán）也；渭流涨腻，弃脂水也；烟斜雾横，焚椒兰也。雷霆乍惊，宫车过也；辘辘远听，杳不知其所之也。一肌一容，尽态极妍，缦立远视，而望幸焉；有不见者，三十六年！燕赵之收藏，韩魏之经营，齐楚之精英，几世几年，剽掠其人，倚叠如山；一旦不能有，输来其间；鼎铛（chēng）玉石，金块珠砾，弃掷逦迤，秦人视之，亦不甚惜。

嗟乎！一人之心，千万人之心也。秦爱纷奢，人亦念其家，奈何取之尽锱铢（zī zhū），用之如泥沙！使负栋之柱，多于南亩之农夫；架梁之椽（chuán），多于机上之工女；钉头磷磷，多于在庾之粟粒；瓦缝参差，多于周身之帛缕；直栏横槛，多于九土之城郭；管弦呕哑，多于市人之言语。使天下之人，不敢言而敢怒，独夫之心，日益骄固。戍卒叫，函谷举。楚人一炬，可怜焦土！

呜呼！灭六国者，六国也，非秦也；族秦者，秦也，非天下也。嗟乎！使六国各爱其人，则足以拒秦。使秦复爱六国之人，则递三世可至万世而为君，谁得而族灭也？秦人不暇自哀，而后人哀之；后人哀之而不鉴之，亦使后人而复哀后人也。

作者简介

杜牧，字牧之，京兆万年（今陕西西安市东）人，进士。历任黄州、池州、湖州等州刺史，官终中书舍人。史传称他"刚直有奇节"，"敢论列大事，指陈病利尤切至"。他很关心时事政治，博学多才，尤以诗著名。因他是杜甫之后的重要诗人，文学史上称他为"小杜"。

简注

1. "一"：统一。
2. "兀"：光秃了。
3. "隔离"：遮蔽。
4. "二川溶溶"：渭水和樊川缓缓流动。
5. "廊腰缦回"：走廊宽而曲折。
6. "檐牙高啄"：屋檐像鸟嘴向上噘起。檐牙，屋檐突起，像牙齿一般。
7. "抱"：随着，顺着。
8. "钩心斗角"：屋角向心，像钩一样，互相联系；屋角相向，像兵戈相斗。
9. "盘盘焉，囷囷焉，蜂房水涡"：盘旋，屈曲，像蜂巢，像水中的旋涡。
10. "复道"：楼阁之间架木构成的通道。因上下都有通道，叫做复道。
11. "暖响"：歌声响起，似给人以暖意。
12. "融融"：和乐。
13. "冷袖"：舞袖生风，似带来阵阵寒气。
14. "荧荧"：明亮的样子。
15. "扰扰"：纷乱的样子。
16. "涨腻"：涨起了漂浮着脂膏的水。
17. "缦立"：久立。
18. "幸"：封建时代，特指皇帝到某处。
19. "鼎铛玉石，金块珠砾"：把宝鼎当铁锅，把美玉当石头，把黄金当土块，把珍珠当石子。
20. "逦迤"：连续不断。这里有到处都是的意思。
21. "锱铢"：古重量单位名，这里言其极小。
22. "独夫"：指秦始皇。
23. "楚人一炬"：指项羽于公元前206年领兵入咸阳，并烧毁秦宫殿之事。
24. "族"：灭族。作动词用。
25. "递"：顺着次序传下去。

最美的散文

导读

　　阿房宫，秦始皇所建造的宫苑，故址在今陕西咸阳境内。本文作于唐敬宗宝历年间。作者在《上知己文章启》中说："宝历大起宫室，广声色，故作阿房宫赋。"文章借阿房宫的兴建及毁亡为题材，用夸张手法，揭露了秦始皇时代统治者的荒淫无度，民怨积厚，以致国灭身亡，为后世笑，以此讽喻当朝。文章为赋，以整句为主，词藻华丽，气势宏伟，结束议论精辟，发人深省。历代传为名篇。

岳阳楼记

范仲淹

　　庆历四年春,滕子京谪守巴陵郡。越明年,政通人和,百废具兴,乃重修岳阳楼,增其旧制,刻唐贤、今人诗赋于其上;属(zhǔ)予作文以记之。

　　予观夫巴陵胜状,在洞庭一湖。衔远山,吞长江,浩浩汤(shāng)汤,横无际涯,朝晖夕阴,气象万千。此则岳阳楼之大观也,前人之述备矣。然则北通巫峡,南极潇湘,迁客骚人,多会于此,览物之情,得无异乎?

　　若夫霪雨霏霏,连月不开,阴风怒号,浊浪排空。日星隐曜,山岳潜形,商旅不行,樯倾楫摧;薄暮冥冥,虎啸猿啼。登斯楼也,则有去国怀乡,忧谗畏讥,满目萧然,感极而悲者矣。

　　至若春和景明,波澜不惊,上下天光,一碧万顷。沙鸥翔集,锦鳞游泳;岸芷(zhǐ)汀兰,郁郁青青。而或长烟一空,皓月千里,浮光跃金,静影沉璧,渔歌互答,此乐何极!登斯楼也,则有心旷神怡,宠辱偕忘,把酒临风，其喜洋洋者矣。

嗟夫！予尝求古仁人之心，或异二者之为。何哉？不以物喜，不以己悲。居庙堂之高，则忧其民；处江湖之远，则忧其君。是进亦忧，退亦忧。然则何时而乐耶？其必曰："先天下之忧而忧，后天下之乐而乐欤？"

噫！微斯人，吾谁与归？

时六年九月十五日。

作者简介

范仲淹，苏州人。谥文正，有《范文正公集》。曾任陕西经略安抚副使，抵抗西夏的侵扰，卓有成效。他是个关心国计民生的政治家，是北宋前期政治改良运动的领袖。诗、词、散文很出色，内容都较丰富、深刻。

简注

1. "庆历"：宋仁宗年号。四年，即1044年。
2. "滕子京"：河南人，范仲淹的友人。巴陵郡，今湖南岳阳市一带。
3. "增其旧制"：扩大它往日的规模。
4. "远山"：当指君山等山。
5. "朝晖"：早晨的太阳。

6 "夕阴"：晚上的月亮。
7 "潇湘"：二水名，至湖南零陵合流，北流入洞庭。
8 "得无"：能不。
9 "若夫"：另起一层意思的发语词。
10 "霪雨"：久雨。
11 "隐曜"：隐没了光辉。
12 "樯、楫"：桅杆、桨。
13 "冥冥"：昏暗的样子。
14 "谗、讥"：谗言、讥刺。
15 "芷"：香草。
16 "长烟一空"：天上的云雾消散。
17 "静影沉璧"：月亮的影子映在水里，像一块下沉的璧。
18 "物"：指客观环境遭遇。
19 "微斯人，吾谁与归"：除了这些人（古仁人），我和什么人在一起呢？

导读

古来登临记胜之作多矣，但未有胜过《岳阳楼记》的。可以说，仅"先天下之忧而忧，后天下之乐而乐"两句，即冠压群芳了。作者写此文时，亦正是受贬谪之际，他突破个人感情悲喜局限，而着眼于天下人，展示出令古今天下人皆钦敬的胸襟和思想，这已是本文卓越超群之处。同时，全文由叙事、写景、议论三部分构成，骈散相间，结构严密，逐层深化，渐至高潮，回肠荡气，畅快淋漓。

醉翁亭记

欧阳修

　　环滁（chú）皆山也。其西南诸峰，林壑（hè）尤美。望之蔚（wèi）然而深秀者，琅琊（láng yá）也。山行六七里，渐闻水声潺（chán）潺，而泻出于两峰之间者，酿（niàng）泉也。峰回路转，有亭翼然临于泉上者，醉翁亭也。作亭者谁？山之僧曰智仙也。名之者谁？太守自谓也。太守与客来饮于此，饮少辄（zhé）醉，而年又最高，故自号曰醉翁也。醉翁之意不在酒，在乎山水之间也。山水之乐，得之心而寓之酒也。

　　若夫日出而林霏开，云归而岩穴暝（míng），晦明变化者，山间之朝暮也。野芳发而幽香，佳木秀而繁阴，风霜高洁，水落而石出者，山间之四时也。朝而往，暮而归，四时之景不同，而乐亦无穷也。

　　至于负者歌于途，行者休于树，前者呼，后者应，伛偻（yǔ lǚ）提携，往来而不绝者，滁人游也。临溪而渔，溪深而鱼肥；酿酒为泉，泉香而酒洌（liè）。山肴野蔌（sù），杂然而前陈者，太守宴也。宴酣之乐，非丝非竹，射者中，弈（yì）者胜，觥（gōng）筹交错，起坐而喧哗者，众宾欢也。苍颜白发，颓然乎其间者，太守醉也。

已而夕阳在山，人影散乱，太守归而宾客从也。树林阴翳（yì），鸣声上下，游人去而禽鸟乐也。然而禽鸟知山林之乐，而不知人之乐；人知从太守游而乐，不知太守之乐其乐也。醉能同其乐，醒能述以文者，太守也。太守谓谁？庐陵欧阳修也。

作者简介

欧阳修，字永叔，晚年号六一居士，今江西吉安人。出身寒微，后历任过多种军政要职。曾支持过范仲淹的政治改革运动。他在学术上和文学上有多方面的成就。他的诗、文、词都有特点，尤其在古文的倡导和写作方面，影响最大，开北宋一代文风之先河。为"唐宋八大家"之一。

简注

1. "环滁"：围绕滁州。
2. "琅琊"：山名，在滁州的西南。
3. "有亭翼然"：有座亭子，四周的檐角向上翘起，像鸟展开翅膀一样。
4. "林霏"：笼罩在林中的朝雾。
5. "云归"：云雾聚集山间。
6. "暝"：昏暗。
7. "晦明变化"：指山间时而阴暗，时而明朗。
8. "伛偻"：弯腰曲背的老年人。
9. "洌"：极清的意思。
10. "山肴野蔌"：山中猎获的野味和野菜。
11. "弈"：下棋。
12. "觥筹"：酒杯和筹码（行令时用来表输赢的竹签）。
13. "颓然"：醉后欲倒的样子。
14. "阴翳"：枝叶稠密，绿阴复地。翳，遮盖。
15. "庐陵"：今江西吉安，欧阳修的出生地。

导读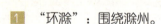

作者写作该文时，年方四十。这是一篇政治上失意而仍然行乐的作品，有意避免感伤的情调，不仅婉转地表达了他在滁州为政的治绩，也表达了自己虽遭贬谪而仍能悠然自乐的心情。文章构思精巧别致，紧扣题目，写"醉翁"，写"亭"，写"山水之乐"，塑造抒情主人公形象并让他处于主导地位，结尾自报姓名，别有韵味。"也"字高频运用，自存心机。"醉翁之意不在酒"，成为历世常引用的名言。

五代史伶官传序

欧阳修

呜呼！盛衰之理，虽曰天命，岂非人事哉！原庄宗之所以得天下，与其所以失之者，可以知之矣。

世言晋王之将终也，以三矢赐庄宗而告之曰："梁，吾仇也；燕王，吾所立；契丹与吾约为兄弟；而皆背晋以归梁。此三者，吾遗恨也。与尔三矢，尔其无忘乃父之志！"庄宗受而藏之于庙。其后用兵，则遣从事以一少牢告庙，请其矢，盛以锦囊，负而前驱，及凯旋而纳之。

方其系燕父子以组，函梁君臣之首，入于太庙，还矢先王，而告以成功，其意气之盛，可谓壮哉！及仇雠（chóu）已灭，天下已定，一夫夜呼，乱者四应，仓皇东出，未及见贼，而士卒离散，君臣相顾，不知所归。至于誓天断发，泣下沾襟，何其衰也！岂得之难而失之易欤？抑本其成败之迹，而皆自于人欤？

《书》曰："满招损，谦得益。"忧劳可以兴国，逸豫可以亡身，自然之理也。故方其盛也，天下之豪杰，莫能与之争；及其衰也，数十伶人困之，而身死国灭，为天下笑。夫祸患常积于忽微，而智勇多困于所溺，岂独伶人也哉！作《伶官传》。

作者简介

欧阳修，字永叔，晚年号六一居士，今江西吉安人。出身寒微，后历任过多种军政要职。曾支持过范仲淹的政治改革运动。他在学术上和文学上有多方面的成就。他的诗、文、词都有特点，尤其在古文的倡导和写作方面，影响最大，开北宋一代文风之先河。为"唐宋八大家"之一。

简注

1 "人事"：指政治上的得失。

2 "庄宗"：后唐庄宗李存勖（xù）。

3 "晋王"：李克用，沙陀族，本姓朱邪，名赤心，因有功于唐朝，赐姓李，封晋王。

4 "梁"：此处指黄巢部将朱温，降唐后赐名"全忠"，受封梁王，与李克用仇恨很深。

5 "燕王"：刘仁恭本幽州将，借李克用的兵力夺取幽州。后刘仁恭归附朱全忠。其子刘守光始称燕王，后称帝。

6 "契丹"句：李克用与契丹首领耶律阿保机结盟，希望共同举兵攻打朱全忠。后来阿保机背盟，派人与朱通好。

[7] "少牢"：用羊、猪各一头祭祀先人的祭品。

[8] "系燕父子以组"：用绳子捆绑着刘仁恭父子。指公元912年李存勖破幽州，俘获刘仁恭父子之事。

[9] "函梁君臣之首"：将后梁君臣的首级装在木盒子里。指公元923年后唐兵攻入开封，梁末帝朱友贞命部将皇甫麟杀死自己，皇甫麟随后自杀之事。

[10] "一夫夜呼，乱者四应"：指公元926年驻贝州的军人皇甫晖作乱后，邢州、沧州驻军又相继作乱之事。

[11] "数十伶人困之"：指伶人郭从谦乘庄宗已处于众叛亲离的境地，起兵作乱。庄宗率兵抵抗，中流矢而亡之事。

[12] "忽微"：细小的事。

[13] "溺"：溺爱。

导读

　　五代，指唐宋之间的后梁、后唐、后晋、后汉、后周五个封建王朝。《五代史》是欧阳修晚年写成的一部关于这五代历史的史书。伶官，封建时代称演戏的人为伶，在宫庭中授有官职的伶人即为伶官。《伶官传》记述了后唐庄宗李存勖宠幸的伶官景进、史彦琼、郭门高（郭从谦）等人败政乱国的史实。这篇序则是通过对这一史事的论述，总结历史的经验教训，说明"忧劳可以兴国，逸豫可以亡身"，指出朝代的兴替不在于天命，而主要在于"人事"。这一观念无论对于古代还是当今，不管是对国家或对个人、团体，都是有借鉴意义的。文章中，无论是叙史，还是议论，都简洁明快，气势酣畅，如水东泻，浑然一体。

六国论

苏 洵

　　六国破灭，非兵不利、战不善，弊在赂秦。赂秦而力亏，破灭之道也。或曰：六国互丧，率赂秦耶？曰：不赂者以赂者丧。盖失强援，不能独完。故曰：弊在赂秦也。

　　秦以攻取之外，小则获邑，大则得城。较秦之所得，与战胜而得者，其实百倍；诸侯之所亡，与战败而亡者，其实亦百倍。则秦之所大欲，诸侯之所大患，固不在战矣。

　　思厥先祖父，暴霜露、斩荆棘，以有尺寸之地。子孙视之不甚惜，举以予人，如弃草芥。今日割五城，明日割十城，然后得一夕安寝。起视四境，而秦兵又至矣。然则诸侯之地有限，暴秦之欲无厌，奉之弥繁，侵之愈急。故不战而强弱胜负已判矣。至于颠覆，理固宜然。古人云："以地事秦，犹抱薪救火，薪不尽，火不灭。"此言得之。

　　齐人未尝赂秦，终继五国迁灭，何哉？与

嬴（yíng）而不助五国也。五国既丧，齐亦不免矣。燕赵之君，始有远略，能守其土，义不赂秦，是故燕虽小国而后亡，斯用兵之效也。至丹以荆卿为计，始速祸焉。赵尝五战于秦，二败而三胜，后秦击赵者再，李牧连却之。洎（jì）牧以谗诛，邯郸为郡，惜其用武不终也。且燕赵处秦革灭殆（dài）尽之际，可谓智力孤危；战败而亡，诚不得已。向使三国各爱其地，齐人勿附于秦，刺客不行，良将犹在，则胜负之数，存亡之理，当与秦相较，或未易量。

呜呼！以赂秦之地，封天下之谋臣，以事秦之心，礼天下之奇才，并力西向，则吾恐秦人食之不得下咽也。悲夫！有如此之势，而为秦人积威之所劫，日削月割，以趋于亡。为国者无使为积威所劫哉！

夫六国与秦皆诸侯，其势弱于秦，而犹有可以不赂而胜之之势；苟以天下之大，而从六国破亡之故事，是又在六国下矣。

作者简介

苏洵，字明允，号老泉，今四川眉山人。宋代著名的散文家。当时他和他的儿子苏轼、苏辙合称为"三苏"。为"唐宋八大家"之一。

简注

1. "赂秦"：贿赂秦国。这里指割地求和。
2. "厥"：这里相当于"其"。
3. "厌"：满足。
4. "判"：分明。
5. "薪"：柴草。
6. "此言得之"：这话对了。之，指上面的道理。
7. "迁灭"：灭亡。
8. "以荆卿为计"：用荆轲刺秦王作为对付秦国的计策。
9. "李牧"：赵国良将，曾多次击败秦军。公元前229年，秦将王翦攻赵，牧率兵抵抗。赵王中了秦的反间计，杀李牧。翌年，赵亡。下文"良将"即指李牧。
10. "洎"：及，等到。
11. "三国"：指韩、魏、楚。这三国都曾割地赂秦。
12. "数"：定数。
13. "劫"：胁迫。
14. "故事"：旧事，前例。

导读

本文为史论散文，为作者有感于宋代统治者不断向契丹、西夏纳币以求苟安而作。它借论史事而讽谏、批评朝政，鉴古讽今，表现了作者卓越的见解，切中时弊，不尚空谈。文笔汪洋恣肆，洒脱灵活，辞章优美，气势雄健。可谓义理、辞章并佳。

墨 池 记

曾 巩

　　临川之城东，有地隐然而高，以临于溪，曰新城。新城之上，有池洼然而方以长，曰王羲之墨池者，荀伯子《临川记》云也。羲之尝慕张芝，临池学书，池水尽黑，此为其故迹，岂信然邪？

　　方羲之之不可强以仕，而尝极东方，出沧海，以娱其意于山水之间，岂其徜徉肆恣，而又尝自休于此邪？羲之之书晚乃善，则其所能，盖亦以精力自致者，非天成也。然后世未有能及者，岂其学不如彼邪？则学固岂可以少哉！况欲深造道德者邪？

　　墨池之上，今为州学舍。教授王君盛恐其不彰也，书"晋王右军墨池"之六字于楹间以揭之，又告于巩曰："愿有记。"推王君之心，岂爱人之善，虽一能不以废，而因以及乎其迹邪？其亦欲推其事，以勉其学者邪？夫人之有一能，而使后人尚之如此，况仁人庄士之遗风余思，被于后来世者何如哉！

　　庆历八年九月十二日，曾巩记。

作者简介

曾巩，字子固，江西南丰人。宋仁宗嘉祐二年进士，曾编校史馆书籍，后入为中书舍人。著有《元丰类稿》。他的散文曾与欧阳修、王安石齐名，被列为"唐宋八大家"之一。其散文特点是从容周详有条理，但也有较强的封建卫道气息，因此，成为旧时"正统派"古文家的摹拟对象之一。

简注

1. "临川"：宋郡名，今江西抚州市临川区。
2. "隐然"：缓缓高起的样子。
3. "洼然"：低深貌。
4. "荀伯子"：东晋、南朝宋之间人，曾任临川内史，著有《临川记》六卷。传说中的墨池遗迹除江西临川外，尚有浙江会稽、永嘉、江西庐山、湖北蕲水等处。
5. "张芝"：东汉著名书法家，号为"草圣"。
6. "羲之之不可强以仕"：指王述任扬州刺史时，羲之因不愿受其管辖，遂称病辞去会稽内史官职，立誓不再出仕事。
7. "尝极东方"：曾经遍游越东各地。
8. "晚"：指暮年。
9. "州学舍"：抚州州学校舍。
10. "教授"：官名。宋代路学、府学、州学均置教授，教习所属生员。
11. "楹"：厅堂的前柱。
12. "仁人庄士"：有道德修养、庄重自持的人。

导 读

　　江西临川的墨池，相传是书法家王羲之练习书法洗笔砚的地方。本文通过王羲之的佚事，说明任何技能成就都是要靠刻苦学习得来，是"以精力自致"而不是"天成"。他借此鼓励学者专心致志，努力上进，深造道德。文章一边记事，一边就事实生发议论，阐发"勤学"主旨，既紧扣题目中心，又精炼含蓄。文章较多使用设问句，既委婉，又引人深思。

爱莲说

周敦颐

水陆草木之花，可爱者甚蕃（fán）。晋陶渊明独爱菊；自李唐来，世人甚爱牡丹；予独爱莲之出淤泥而不染，濯（zhuó）清涟而不妖，中通外直，不蔓不枝，香远益清，亭亭净植，可远观而不可亵（xiè）玩焉。

予谓菊，花之隐逸者也；牡丹，花之富贵者也；莲，花之君子者也。噫！菊之爱，陶之后鲜（xiǎn）有闻；莲之爱，同予者何人？牡丹之爱，宜乎众矣！

作者简介

周敦颐，字茂叔，宋代道州营道（今湖南道县）人。他家居于庐山莲花峰下，前有小溪，因此取祖籍营道的濂溪来命名，世称他为濂溪先生。他是宋明理学的开山祖师，著有《太极图说》、《通书》。宋代著名理学家程颢、程颐都是他的学生。

简注

1. "蕃"：通"繁"，多。
2. "李唐"：唐朝的皇帝姓李，所以称唐朝为"李唐"。
3. "濯清涟而不妖"：在清水里洗涤过，显得洁净而不妖艳。
4. "亭亭净植"：亭亭，直立的样子。植，树立。
5. "亵玩"：玩弄。亵，亲近而不庄重。
6. "噫"：感叹词，相当于"唉"。
7. "陶"：指东晋的陶渊明。
8. "鲜"：少。

导读

　　人们一般都向往荣华富贵，贫贱穷苦的确不是好事，但若不顾廉耻，只以富贵为人生的最高境界，那这个时代必定是个庸俗的时代。宋代士大夫沉溺于富贵者较之前几朝突出。作者此文托物言志，犹如诗歌的比兴手法，赞美莲花"出淤泥而不染"的高尚品格，实际是以莲花自况，褒扬自己不合流俗、清高自洁的品质，同时又暗讽那些追求富贵利达的世俗之辈。文章精短，语言以短句为主，干净利落，形象优美。既有强烈美感，又极富诗意，不愧为散文名篇。

谏院题名记

司马光

古者谏无官,自公卿大夫,至于工商,无不得谏者。汉兴以来,始置官。

夫以天下之政,四海之众,得失利病,萃于一官使言之,其为任亦重矣。居是官者,当志其大,舍其细,先其急,后其缓,专利国家,而不为身谋。彼汲汲于名者,犹汲汲于利也,其间相去何远哉!

天禧初,真宗诏置谏官六员,责其职事。庆历中,钱君始书其名于版。光恐久而漫灭,嘉祐八年,刻著于石。后之人将历指其名而议之曰:"某也忠,某也诈,某也直,某也回。"呜呼,可不惧哉!

作者简介

司马光,字君实,陕州夏县(今属山西省)人。他少即聪慧过人,"破缸救人"的故事传为美谈。历官至尚书左仆射兼门下侍郎,封温国公。政治上,他是和王安石对立的旧派的领袖。他在当政时曾废除一切新法。

在新党重新掌权后,他退居不问政事,专心主编著名的通史《资治通鉴》。著作有《温国文正司马公文集》。

简 注

1. "谏院"：主管谏诤的机关。
2. "汉兴以来，始置官"：汉班固《白虎通·谏诤》中有"君至尊，故设辅弼置谏官"，其主要职责是指斥朝政阙失。
3. "天禧"：宋真宗年号。
4. "庆历"：宋仁宗年号。
5. "嘉祐"：宋仁宗年号。司马光于嘉祐六年（1061年）以修起居注（官名）同知谏院。
6. "可不惧哉"：能不令人畏惧吗？

导 读

司马光在宋仁宗末年任天章阁侍制兼侍讲，并知掌谏院，本文即写于此时。文中指出，谏官不仅责任重大，而且要不追求名利，只为国家。最后，着重强调题名的目的是为了让历世的人可以指着所题的名字评品忠奸曲直，犹如光荣榜与耻辱柱。文章主旨突出，简洁明快，意味深长。

读《孟尝君传》

王安石

世皆称孟尝君能得士,士以故归之,而卒赖其力,以脱于虎豹之秦。嗟乎!孟尝君特鸡鸣狗盗之雄耳,岂足以言得士?不然,擅齐之强,得一士焉,宜可以南面而制秦,尚何取鸡鸣狗盗之力哉!夫鸡鸣狗盗之出其门,此士所以不至也。

作者简介

王安石,字介甫,江西临川人。少时随父奔走南北,立"矫世变俗之志"。宋神宗时,两任宰相,推行变法主张。诗歌散文皆有成就,尤其散文在唐宋作家中享有盛名。

简注

1. "孟尝君":战国时齐国贵族田文,他门下多养食客至数千名。
2. "卒":终于。
3. "特":不过。

4. "鸡鸣狗盗"：秦昭王囚孟尝君欲杀之，孟尝君使人求救于昭王宠姬，姬索要孟尝君之白狐裘，可白狐裘已献昭王，于是一食客钻狗洞偷来白狐裘献于姬，始得开释。孟尝君连夜逃走，至函谷关，关法规定鸡鸣后方能开关放人。昭王悔，派兵追赶。正好孟尝君食客有能模仿鸡鸣者，引动群鸡齐鸣，关门打开，一行人才得以逃出了秦国。
5. "南面"：古代以面向南坐为尊。"天子南面而立，诸侯北面而朝"。这里指称王。

导读

孟尝君曾为齐相，《史记》有《孟尝君列传》。世代以来，号称孟尝君能养士，连鸡鸣狗盗之徒也能为他所用，发挥一技之长。对此，历史上从未有人发过异论。王安石指出孟尝君养士，只获得鸡鸣狗盗的帮助，实际并未算真正得士，这是读史的新见解。可谓翻历史定案，发人所未发，言人所不敢言，又言之成理，使人耳目一新。而文章极为精悍，毫无枝叶，可谓字字千钧，不愧为读书心得之名作。

答司马谏议书

王安石

　　某启：昨日蒙教，窃以为与君实游处相好之日久，而议事每不合，所操之术多异故也。虽欲强聒（guō），终必不蒙见察，故略上报，不复一一自辨。重念蒙君实视遇厚，于反复不宜卤莽，故今具道所以，冀君实或见恕也。

　　盖儒者所争，尤在于名实。名实已明，而天下之理得矣。今君实所以见教者，以为侵官、生事、征利、拒谏，以致天下怨谤也。某则以谓：受命于人主，议法度而修之于朝廷，以授之于有司，不为侵官；举先王之政，以兴利除弊，不为生事；为天下理财，不为征利；辟邪说，难壬（rén）人，不为拒谏。至于怨诽之多，则固前知其如此也。

　　人习于苟且非一日，士大夫多以不恤国事、同俗自媚于众为善。上乃欲变此，而某不量敌之众寡，欲出力助上以抗之，则众何为而不汹汹然？盘庚之迁，胥（xū）怨者民也，非特朝廷士大夫而已。盘庚不为怨者故改其度：度义而后动，是而不见可悔故也。

如君实责我以在位久，未能助上大有为，以膏泽斯民，则某知罪矣；如曰今日当一切不事事，守前所为而已，则非某之所敢知。无由会晤，不任区区向往之至。

作者简介

王安石，字介甫，江西临川人。少时随父奔走南北，立"矫世变俗之志"。宋神宗时，两任宰相，推行变法主张。诗歌散文皆有成就，尤其散文在唐宋作家中享有盛名。

简注

1. "某启"：古人在起草信稿、文稿时常用"某"代替自己的姓名。某启，这里指王安石写信。
2. "窃"：谦词，表敬意。
3. "游处"：指同游共处，交往。
4. "所操之术"：所采取的政治主张。术，方法。
5. "强聒"：勉强解释。聒，原指语声喧杂，这里是多话的意思。
6. "见察"：被了解。
7. "重念"：又想到。
8. "于反复不宜卤莽"：在书信往返中不应简慢无礼。

9. "所以"：指变法的原因。
10. "天下之理得矣"：世间的道理就明确了。
11. "见教"：这里是反话，指批评、指责。
12. "侵官"：侵犯了官员的职权。
13. "征利"：指掠夺民财。
14. "以谓"：以为。
15. "议法度而修之于朝廷"：议订法令制度，又经过朝廷讨论修改。
16. "举"：实施。
17. "辟"：排除。
18. "难壬人"：批驳巧辩的人。壬人，佞人，即善于诡辩的谄媚之人。
19. "怨诽"：怨恨、诽谤。
20. "不恤"：不顾及。
21. "变此"：改变上述恶劣风气。
22. "汹汹然"：大吵大闹的样子。
23. "盘庚之迁，胥怨者民也"：商朝盘庚迁都殷时，群起反对的是国人啊！胥，一起，都。
24. "改其度"：改变他的计划。
25. "度义而后动"：考虑到应该这样做，然后行动。
26. "不见"：不会发现。
27. "膏泽"：给予恩泽。
28. "一切不事事"：什么事都不做。
29. "无由"：没有机会。
30. "不任"：不胜。
31. "区区"：诚心。
32. "向往之至"：仰慕到了极点。

导读

谏议,古官名,即谏议大夫,司马谏议即司马光,他是反对王安石变革的首领。本信写于王安石执政后的第二年。此前,司马光曾给王安石写过一封长信,列举王安石推行新法的弊端。本文没有对指斥者逐条具体地反驳,而是从根本上指出司马光的保守观点是错误的。他从哲学、历史的高度,摆脱琐碎的讨论,高屋建瓴,着眼宏观,使人读来感到眼界开阔,气度非凡。本文颇能体现王安石政治家、改革家和文学家的风格。

赤 壁 赋

苏 轼

　　壬戌（xū）之秋，七月既望，苏子与客泛舟游于赤壁之下。清风徐来，水波不兴。举酒属（zhǔ）客，诵明月之诗，歌窈窕（yǎo tiǎo）之章。少焉，月出于东山之上，徘徊于斗牛之间。白露横江，水光接天。纵一苇之所如，凌万顷之茫然。浩浩乎如冯（píng）虚御风，而不知其所止；飘飘乎如遗世独立，羽化而登仙。

　　于是饮酒乐甚，扣舷而歌之。歌曰："桂棹（zhào）兮兰桨，击空明兮溯流光。渺渺兮予怀，望美人兮天一方。"客有吹洞箫者，倚（yǐ）歌而和之。其声呜呜然，如怨、如慕、如泣、如诉；余音袅（niǎo）袅，不绝如缕。舞幽壑（hè）之潜蛟，泣孤舟之嫠（lí）妇。

　　苏子愀（qiǎo）然，正襟危坐而问客曰："何为其然也？"客曰："'月明星稀，乌鹊南飞'，此非曹孟德之诗乎？西望夏口，东望武昌，山川相缪（liǎo），郁乎苍苍，此非孟德之困于周郎者乎？方其破荆州、下江陵，顺流而东也，舳舻（zhú lú）千里，旌旗蔽空，酾（shī）酒临江，横槊（shuò）赋诗，固一世之雄也，而今安在哉？况吾与子渔樵（qiáo）于江渚（zhǔ）之上，侣鱼虾而友麋（mí）鹿，驾一叶之扁舟，举匏樽（páo zūn）以相属（zhǔ）；寄蜉蝣（fú yóu）于天地，渺沧海之一粟。哀吾生之须臾，羡长江之无穷。挟（xié）飞仙以遨游，抱明月而长终。知不可乎骤得，托遗响于悲风。"

苏子曰："客亦知夫水与月乎？逝者如斯，而未尝往也；盈虚者如彼，而卒莫消长也。盖将自其变者而观之，则天地曾不能以一瞬；自其不变者而观之，则物与我皆无尽也。而又何羡乎？且夫天地之间，物各有主，苟非吾之所有，虽一毫而莫取。惟江上之清风，与山间之明月，耳得之而为声，目遇之而成色，取之无禁，用之不竭，是造物者之无尽藏也，而吾与子之所共适。"

客喜而笑，洗盏更酌。肴核既尽，杯盘狼藉。相与枕藉乎舟中，不知东方之既白。

作者简介

苏轼，字子瞻，号东坡。元丰二年，因文字被诬入狱，后被贬为黄州团练副使。他不赞成王安石的新法，对新法的利弊采取有分析的态度。其主要成就在文学方面。他具有多方面才能，诗词文皆绝，书法、绘画也深有造诣。作为一代文宗，他对其当代及后代都有重要影响。与其父苏洵、弟苏辙，合称为"三苏"。为"唐宋八大家"之一。

简注

1. "壬戌"：宋神宗元丰五年（1082）。
2. "七月既望"：已经过了七月的"望日（十五）"，即农历七月十六日。
3. "属"：劝酒的意思。
4. "明月"之诗：指《诗经》里的《月出》篇。
5. "窈窕"之章：指《诗经·周南·关雎》中的诗句。
6. "纵"：听任。
7. "一苇"：形容船小。
8. "所如"：即所往。
9. "凌"：越过。
10. "冯虚"：凭空。"冯"，通"凭"。
11. "御风"：乘风。
12. "羽化"：传说仙人能飞升，故称成仙为羽化。
13. "空明"：指月光照着的江水。
14. "流光"：在江面流动的月光。
15. "渺渺"：遥远。

16 "美人"：心中思慕的人。
17 "嫠妇"：寡妇。
18 "正襟危坐"：拉正一下衣襟，端正地坐着。
19 "月明星稀，乌鹊南飞"：曹操《短歌行》中的诗句。
20 "周郎"：东吴名将周瑜，二十四岁授建威中郎将，吴中皆称周郎。
21 "渚"：江中小洲。
22 "匏樽"：葫芦做的酒樽。
23 "蜉蝣"：昆虫名，据说它"朝生暮死"，生存期极短。
24 "长终"：永久。
25 "遗响"：余音。
26 "盈虚"：指月亮的圆和缺。
27 "之"：指上文的水和月。
28 "何羡"：羡慕什么。
29 "且夫"：连接词，有"再说"之意。
30 "造物者"：指大自然。
31 "适"：这里是玩赏、享用的意思。
32 "相与枕藉"：你枕着我，我靠着你。

导读

黄州赤壁，非周瑜破曹之赤壁。苏轼游此，作两篇赤壁赋，又有词《念奴娇·赤壁怀古》，皆为绝唱，故后世称此处为"文赤壁"，成为名胜。作者在被贬期间内心苦闷，故此文难免流露出其情感消极的一面。但他因文字入狱，无辜受害，言行不得自由，能在赋中写出如此豁达的情趣，实算难能可贵。文中叙事、抒情、写景、说理，结合得十分自然，情韵横溢。

录鬼簿序

钟嗣成

贤愚寿夭、死生祸福之理，固兼乎气数而言，圣贤未尝不论也。盖阴阳之屈伸，即人鬼之生死。人而知夫生死之道，顺受其正，又岂有岩墙桎梏之厄哉？

虽然，人之生斯世也，但知以已死者为鬼，而不知未死者亦鬼也。酒罂（yīng）饭囊，或醉或梦，块然泥土者，则其人虽生，与已死之鬼何异？此曹固未暇论也。

其或稍知义理，口发善言，而于学问之道，甘为暴弃，临终之后，漠然无闻，则又不若块然之鬼为愈也。

予尝见未死之鬼吊已死之鬼，未之思也，特一间耳。

独不知天地开辟，亘古迄今，自有不死之鬼在。何则？圣贤之君臣，忠孝之士子，小善大功，著在方册者，日月炳焕，山川流峙，及乎千万劫无穷已，是则虽鬼而不鬼者也。

余因暇日，缅怀故人，门第卑微，职位不振，高才博识，俱有可录。岁月弥久，湮没无闻，遂传其本末，吊以乐章。复以前乎此者，叙其姓名，述其所作，冀乎初学之士，刻意词章，使冰寒于水，青胜于蓝，则亦幸矣。名之曰：《录鬼簿》。

嗟乎！余亦鬼也。使已死未死之鬼，作不死之鬼，得以传远，余又何幸焉。若夫高尚之士，性理之学，以为得罪于圣门者，吾党且啖蛤蜊，别与知味者道。

至顺元年，龙集庚午月建甲申二十二日辛未，古汴钟嗣成序。

作者简介

钟嗣成，字继先，元初大梁（今河南开封）人。他长期住在杜州，与当时许多元杂剧作家、演员都有交谊。他自己也写有杂剧《章台柳》、《钱神论》、《冯谖焚券》等，但都已失传。今只存《录鬼簿》一书。

简 注

 "夭"：短命。
 "兼乎"：连同，连带。
 "气数"：命运。
 "盖阴阳"两句：阴阳的互相交替，也就是表现为人鬼生死的变化。

屈伸，收缩和伸展，即交替。

5 "顺受其正"：正命而死，即寿终。

6 "岩墙桎梏"：牢狱的石墙，脚镣和手铐。

7 "酒罂"；酒瓶。罂，口小腹大的瓶子。

8 "饭囊"：饭袋。

9 "块然"：无知觉的样子。

10 "此曹"：这一辈人。

11 "愈"：更加。

12 "间"：空隙，指差别很小。

13 "方册"：史册。

14 "劫"：佛家把天地的毁灭、重建和人间的灾祸磨难称为"劫"。

15 "性理之学"：指儒家关于性理的学说。

16 "啖蛤蜊"：吃蛤蜊肉。蛤蜊，蚌类，肉味鲜美。

17 "古汴"：古汴州，元时为大梁，今河南开封。

导 读

《录鬼簿》是钟嗣成编辑的一部记载元代剧作家的事迹和著录他们作品目录的书籍，包括他的前辈及同代作家一百五十一人，是研究元杂剧的重要资料。本文即作者给《录鬼簿》作的序。作者未去纠缠写作的经过，而是直抒胸臆地述说自己的人生观念，评品历史人物的志趣，这也就是他著该书的动机、意义。在当时，剧作家、演员地位极为低下，作者以"鬼"名之，实际是反语。作者认为，那些酒囊饭袋、醉生梦死的人，不仅是鬼，而且活着的时候即同死了一样。而这些剧作家，虽"门第卑微，职位不振"，但"高才博识"，具有不朽的地位，与"圣贤之君臣"、"忠孝之士子"相比，毫不逊色。文章将所著录的人物与社会几种人物相比而论，观点鲜明，爱憎强烈，语言又辛辣多讽，很是畅快淋漓。

送东阳马生序

宋 濂

　　余幼时即嗜学。家贫，无从致书以观，每假借于藏书之家，手自笔录，计日以还。天大寒，砚冰坚，手指不可屈伸，弗之怠。录毕走送之，不敢稍逾约。以是人多以书假余，余因得遍观群书。既加冠，益慕圣贤之道。又患无硕师名人与游，尝趋百里外，从乡之先达执经叩问。先达德隆望尊，门人弟子填其室，未尝稍降辞色。余立侍左右，援疑质理，俯身倾耳以请；或遇其叱咄，色愈恭，礼愈至，不敢出一言以复；俟其欣悦，则又请焉。故余虽愚，卒获有所闻。

　　当余之从师也，负箧（qiè）曳屣（xǐ），行深山巨谷中，穷冬烈风，大雪深数尺，足肤皲裂而不知。至舍，四支僵劲不能动，媵（yìng）人持汤沃灌，以衾拥覆，久而乃和。寓逆旅主人，日再食，无鲜肥滋味之享。同舍生皆被（pī）绮（qǐ）绣，戴朱缨宝饰之帽，腰白玉之环，左佩刀，右备容臭（xiù），烨（yè）然若神人；余则缊（yùn）袍敝衣处其间，略无慕艳意，以中有足乐者，不知口体之奉不若人也。盖余之勤且艰若此。

今诸生学于太学，县官日有廪稍之供，父母岁有裘葛之遗（wèi），无冻馁（něi）之患矣；坐大厦之下而诵《诗》《书》，无奔走之劳矣；有司业、博士为之师，未有问而不告，求而不得者也；凡所宜有之书皆集于此，不必若余之手录，假诸人而后见也。其业有不精，德有不成者，非天质之卑，则心不若余之专耳，岂他人之过哉？

东阳马生君则在太学已二年，流辈甚称其贤。余朝京师，生以乡人子谒余。撰长书以为贽，辞甚畅达。与之论辨，言和而色夷。自谓少时用心于学甚劳。是可谓善学者矣。其将归见其亲也，余故道为学之难以告之。

作者简介

宋濂，字景濂，号潜溪，明朝浙江浦江（今义乌西北）人。幼年家贫，常借书苦读，曾受业于元末名儒诸大家，终以文章名于世。元至正九年，召为翰林院编修，辞不就职，并入山为道士，著述十余载。明初，被征为元史修撰总裁，迁翰林院承旨，知制诰，被誉为"开国文臣之首"。死后谥文宪。一生著述颇丰，其中以散文最为著名。作品内容深广，辞采丰富，文笔简洁，雍容典雅，是后世"台阁体"文学的先驱。

简 注

1. "东阳":县名,在今浙江省。
2. "生":古代长辈对晚辈的称呼。
3. "弗之怠":不懈怠。
4. "加冠":古时男子二十岁行"冠礼",戴上成人的帽子,表示已经成年。
5. "稍降辞色":稍稍表现出温和的脸色。
6. "负箧曳屣":背着书箱,拖着鞋子。
7. "四支":四肢。
8. "媵人":这里指服侍的人。
9. "汤":热水。
10. "逆旅":即旅店。
11. "被":通"披"。
12. "缊袍":破旧的长袍。缊,旧絮。
13. "县官":这里指政府,官府。
14. "廪稍":官家仓库里的粮食。
15. "司业、博士":都是国子监的老师。
16. "假":借。
17. "君则":马生的字。
18. "贽":初见面时,为表敬意给长辈送的礼物。
19. "夷":平和。

导 读

　　本文是写给"乡人子"马生的赠序。这种体裁，属临别赠言性质的文字，内容多勉励、推崇、赞许之词。

　　文章围绕勉励好学这个中心，先写自己昔年求学之难，后写今日太学生求学条件之优越。两相对比，得出"业有不精，德有不成者，非天质之卑，则心不若余之专耳"的结论。

　　全文分三段。先详细叙述自己幼时得书、从师、求学的情况；次写太学条件优越，勉励马生专心求学；末段点明题旨，交代写作本文的由来和用意。

　　语言平实浅近，如叙家常，极为亲切，深合文体特征。在写作方法上，虽以叙述为主，但又适当插入议论，加上间有形象的描绘，既增强了道理的说服力，又增加了文章的生动性和可读性。

卖柑者言

刘 基

杭有卖果者，善藏柑，涉寒暑不溃。出之烨（yè）然，玉质而金色。置于市，贾（jià）十倍，人争鬻（yù）之。

予贸得其一。剖之，如有烟扑口鼻。视其中，则干若败絮。予怪而问之曰："若所市于人者，将以实笾（biān）豆，奉祭祀，供宾客乎？将炫外以惑愚瞽（gǔ）也？甚矣哉为欺也！"

卖者笑曰："吾业是有年矣。吾赖是以食吾躯。吾售之，人取之，未尝有言，而独不足子所乎？世之为欺者不寡矣，而独我也乎？吾子未之思也。今夫佩虎符、坐皋比者，洸（guāng）洸乎干（gān）城之具也，果能授孙、吴之略耶？峨大冠、拖长绅者，昂昂乎庙堂之器也，果能建伊、皋之业耶？盗起而不知御，民困而不知救，吏奸而不知禁，法斁（dù）而不知理，坐縻（mí）廪（lǐn）粟，而不知耻。观其坐高堂，骑大马，醉醇醴（lǐ）而饫（yù）肥鲜者，孰不巍巍乎可畏，赫赫乎可象也？又何往而不金玉其外、败絮其中也哉！今子是之不察，而以察吾柑！"

予默然无以应。退而思其言，类东方生滑稽之流。岂其愤世嫉邪者耶？而托于柑以讽耶？

作者简介

刘基，字伯温，元代末年曾中进士，做地方官吏，受排斥而归隐。后应明太祖朱元璋邀请而出山，受重用，累官御史中丞，封诚意伯。他性刚嫉恶，后为左丞相胡惟庸构陷，忧愤而死。他诗文皆有成就。像本篇这类讽刺小品对当时社会大胆揭露，自成风格。

 简 注

1. "涉"：经历。
2. "烨然"：光彩照耀的样子。
3. "贾"：通"价"。
4. "鬻"：买。
5. "若"：你。
6. "市"：卖。
7. "笾豆"：祭祀或宴会时用以盛食物的竹、木器皿。
8. "虎符"：虎形的兵符。
9. "皋比"：虎皮。
10. "洸洸乎"：威武雄壮的样子。

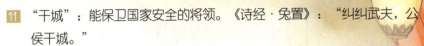

11 "干城"：能保卫国家安全的将领。《诗经·兔置》："纠纠武夫，公侯干城。"
12 "具"：才，此处指人才。
13 "孙、吴"：孙指孙膑，战国齐人，古代杰出的军事家。吴指吴起，战国卫人，兵法家。
14 "峨大冠"：高耸的帽子，这里指戴着官帽的人。
15 "长绅"：古代士大夫腰间系的带子。
16 "庙堂"：这里指朝廷。
17 "伊、皋"：伊指伊尹，商汤的大臣；皋指皋陶，虞舜的狱官。
18 "法斁"：法度败坏。
19 "醇醴"：味道醇厚的酒。
20 "可象"：可为人效法。
21 "东方生"：东方朔，武帝时人，善诙谐，能讽谏。

导 读

本文写于元代末年，它通过作者与卖柑小贩的问答，撕破了当时文武官员身上的外套，暴露了他们酒囊饭桶、腐败无能的金玉其外、败絮其中的本质，反映了作者盼望贤明政治、嫉恨昏暗社会的思想。作品的政治讽刺性极强的同时，构思也很精巧。既托卖柑者言，又以柑喻人，婉约多姿，形象有趣。卖柑者的话，亦庄亦谐，讽喻直切又寄托深远，富有戏剧性。

牡丹亭记题词

汤显祖

　　天下女子有情，宁有如杜丽娘者乎！梦其人即病，病即弥连，至手画形容传于世而后死。死三年矣，复能溟莫中求得其所梦者而生。如丽娘者，乃可谓之有情人耳。情不知所起，一往而深。生者可以死，死可以生。生而不可与死，死而不可复生者，皆非情之至也。梦中之情，何必非真，天下岂少梦中之人耶？必因荐枕而成亲，待挂冠而为密者，皆形骸之论也。

　　传杜太守事者，仿佛晋武都守李仲文、广州守冯孝将儿女事。予稍为更而演之。至于杜守收考柳生，亦如汉睢（suī）阳王收考谈生也。

　　嗟夫，人世之事，非人世所可尽。自非通人，恒以理相格耳。第云理之所必无，安知情之所必有邪！

作者简介

汤显祖，字义仍，号海若，别称"清远道人"，江西临川人，明代杰出的戏剧家。万历十一年进士，曾任礼部主事等职。万历十九年因上疏抨击朝政被贬。万历二十六年弃官归家，晚年专心从事写作。其戏剧作品《牡丹亭》是明代戏剧创作的最高成就。

简 注

1. "梦其人即病"：《牡丹亭》第十出《惊梦》，写杜丽娘至后花园游春，困倦入睡，梦遇书生柳梦梅。归后寝食悠悠，伤春成疾。
2. "弥连"：即"弥留"，病重难愈。
3. "手画形容"：亲手画出自己的形态和容貌。
4. "溟莫"：通"冥暮"，昏暗的样子。
5. "荐枕"：即荐枕席，言女子侍寝。
6. "传杜太守事者"：指明何大伦《燕居笔记》卷九所收话本《杜丽娘慕色还魂记》。《牡丹亭》本事即出此。
7. "仿佛晋武都守李仲文、广州守冯孝将儿女事"：故事见《搜神后记》卷四。全句的意思是：仿效了晋代武都太守李仲文、广州太守冯孝将儿女的生死恋爱传说。
8. "杜守收考柳生"：见《牡丹亭》第五十三出《硬拷》。杜太守以为柳梦梅是盗墓贼，将他拷问、吊打。
9. "亦如汉睢阳王收考谈生"：事见《搜神记》卷十六。这句的意思是：也像汉代睢阳王拷打谈生的故事一样。
10. "通人"：学问渊博、贯通古今事理的人。
11. "格"：推究。

导 读

　　《牡丹亭》是汤显祖的代表剧作,它通过杜丽娘和柳梦梅生死离合的爱情故事,热情歌颂了女主人公为情而死、为情死而复生的感人至情,歌颂了反对封建礼教、追求爱情自由和个性解放的斗争精神。对自己最心爱的得意之作,作者的题词也未如当代的洋洋万言。他紧扣一个"情"字,除说明故事来源外,更重要的是含蓄地表达了作者与当时社会正统观念对立的思想。在晚明时期,思想解放的先驱正是以"情"为旗帜,来反抗统治者"理"的束缚,这是唤起人性复归的理论武器。作者的剧情和题词都高度地统一在"情"的旗帜下。

项脊轩志

归有光

项脊轩（xuān），旧南阁子也。室仅方丈，可容一人居。百年老屋，尘泥渗漉（shèn lù），雨泽下注；每移案，顾视无可置者。又北向，不能得日，日过午已昏。余稍为修葺（qì），使不上漏。前辟四窗，垣（yuán）墙周庭，以当南日。日影反照，室始洞然。又杂植兰桂竹木于庭，旧时栏楯（shǔn），亦遂增胜。借书满架，偃（yǎn）仰啸歌，冥然兀（wù）坐，万籁（lài）有声，而庭阶寂寂，小鸟时来啄食，人至不去。三五之夜，明月半墙，桂影斑驳，风移影动，珊珊可爱。然予居于此，多可喜，亦多可悲。

先是庭中通南北为一，迨（dài）诸父异爨（cuàn），内外多置小门，墙往往而是。东犬西吠，客逾庖（páo）而宴，鸡栖于厅。庭中始为篱，已为墙，凡再变矣。家有老妪（yù），尝居于此。妪，先大母婢也。乳二世。先妣（bǐ）抚之甚厚。室西连于中闺，先妣尝一至。妪每谓予曰："某所，而母立于兹。"妪又曰："汝姊在吾怀，呱呱而泣；娘以指叩门扉（fēi），曰：'儿寒乎？欲食乎？'吾从板外相为应答。"语未毕，余泣，妪亦泣。

余自束发，读书轩中。一日，大母过余曰："吾儿，久不见若影，何竟日默默在此，大类女郎也？"比去，以手阖（hé）门，自语曰："吾家读书久不效，儿之成，则可待乎？"顷之，持一象笏（hù）至，曰："此吾祖太常公宣德间执此以朝，他日汝当用之。"瞻顾遗迹，如在昨日，令人长号（háo）不自禁。

轩东故尝为厨；人往，从轩前过。余扃牖（jiōng yǒu）而居，久之能以足音辨人。

轩凡四遭火，得不焚，殆有神护者。

项脊生曰："蜀清守丹穴，利甲天下，其后秦皇帝筑女怀清台。刘玄德与曹操争天下，诸葛孔明起陇中。方二人之昧昧于一隅也，世何足以知之？余区区处败屋中，方扬眉瞬目，谓有奇景。人知之者，其谓与坎井之蛙何异？"

余既为此志，后五年，吾妻来归。时至轩中，从余问古事，或凭几学书。吾妻归宁，述诸小妹语曰："闻姊家有阁子，且何谓阁子也？"

其后六年，吾妻死，室坏不修。其后二年，

余久卧病无聊，乃使人复葺南阁子，其制稍异于前。然自后余多在外，不常居。

　　庭有枇杷树，吾妻死之年所手植也，今已亭亭如盖矣。

作者简介

　　归有光，号震川，三十五岁中举人，六十岁始中进士。终官南京太仆寺丞。曾长期教授生徒，提倡古文，主张继承唐宋散文优良传统，散文长于记叙抒情，是明代散文大家。

简注

1. "旧"：往日的，原来的。
2. "渗漉"：从小孔慢慢漏下。
3. "下注"：往下倾泻。
4. "修葺"：修补。
5. "垣墙周庭，以当南日"：院子周围砌上墙，用（北墙）挡着南边射来的日光。
6. "洞然"：明亮的样子。
7. "栏楯"：栏杆。
8. "偃仰"：安居，休息。指生活悠然自得。偃，卧倒。
9. "冥然兀坐"：静静地端坐着。
10. "迨诸父异爨"：等到伯、叔们分家了。异爨，不同用一个灶头，意即分了家。
11. "逾庖"：越过厨房。
12. "已"：然后。
13. "妪"：老妇。

14 "先大母":已去世的祖母。下文的"先妣"指去世的母亲。
15 "若":你。
16 "大类":很像。
17 "久不效":长久未见成效,指科举上无成就。
18 "象笏":象牙做成的笏。笏,做官人上朝时用的手板。
19 "长号":大哭。
20 "扃牖":关闭窗户。
21 "殆":大概。
22 "余既为上此志":我已经写作了这篇志。
23 "来归":嫁到我家来。旧时女子出嫁叫"归"。
24 "归宁":出嫁的女子回娘家省亲。
25 "述诸小妹语":(回来后)转述她小妹们的话。
26 "且":有"那么"的意思。
27 "亭亭如盖":耸立着像车盖一样。古车盖形如圆伞,下有长柄,用以遮阳或挡雨。

导读

　　有许多人在做学生时,每当写作文,总觉得没有什么惊天动地的材料,便杜撰些自己也不相信的故事,写得干巴巴的,索然无味。其实,任何人都有东西可做文章,身边那些小事,那些日常生活中的人和感情,都可做出好文章。这篇《项脊轩志》就是榜样。通过记叙一间老屋的今昔变迁,写出叔伯分家的混乱状况,写出自己当年勤奋读书的生活。其间,有祖孙、母子、夫妻的情爱,有对亲人深深的怀念,也有家族解体引发的悲哀。都是些生活中常见的事情,却写得感人至深。因为作者善于抓住典型的细节,一个动作,一个神态,一句话,或一件物事,均倾注深挚、细腻的感情。写的虽是日常小事,却是绝妙文章。

报刘一丈书

宗臣

数千里外，得长者时赐一书，以慰长想，即亦甚幸矣，何至更辱馈遗？则不才益将何以报焉？

书中情意甚殷，即长者之不忘老父，知老父之念长者深也。至以"上下相孚，才德称位"语不才，则不才有深感焉。夫才德不称，固自知之矣，至于不孚之病，则尤不才为甚。

且今世之所谓孚者，何哉？日夕策马，候权者之门。门者故不入，则甘言媚词作妇人状，袖金以私之。即门者持刺入，而主者又不即出见，立厩中仆马之间，恶气袭衣裾，即饥寒毒热不可忍，不去也。抵暮，则前所受赠金者出，报客曰："相公倦，谢客矣，客请明日来。"即明日，又不敢不来。夜披衣坐，闻鸡鸣即起，盥栉（guàn zhì），走马抵门。门者怒曰："为谁？"则曰："昨日之客来。"则又怒曰："何客之勤也！岂有相公此时出见客乎？"客心耻之，强忍而与言曰："亡奈何矣，姑容我入。"门者又得所赠金，则起而入之。又立向所立厩中。幸主者出，南面召见，则惊走匍匐（pú fú）阶下。主者曰："进！"则再拜，故迟不起，起则上所上寿金。主者故不受，则固请。主者故固不受，则又固请；然后命吏纳之。则又再拜，又故迟不起，起则五六揖始出。出揖门者曰："官人幸顾我，他日来，幸勿阻我也。"门者答揖。大喜，奔出。马上遇所交识，即扬鞭语曰："适自相公家来，相公厚我，厚我！"且虚言状。即所交识亦心畏相公厚之矣。相公又稍稍语人曰："某也贤，某也贤。"闻者亦心计交赞之。此世所谓上下相孚也。长者谓仆能之乎？

　　前所谓权门者，自岁时伏腊一刺之外，即经年不往也。间道经其门，则亦掩耳闭目，跃马疾走过之，若有所追逐者。斯则仆之褊（biǎn）衷。以此常不见悦于长吏，仆则愈益不顾也。每大言曰："人生有命，吾惟守分尔矣。"长者闻此，得无厌其为迂乎？

　　乡园多故，不能不动客子之愁。至于长者之抱才而困，则又令我怆然有感。天之与先生者甚厚，亡论长者不欲轻弃之，即天意亦不欲长者之轻弃之也，幸宁心哉！

作者简介

宗臣,字子相,扬州兴化人。嘉靖进士,任吏部考功郎等职。因反对严嵩,被贬为福建布政参议,后因抵御倭寇有功,任福建提学副使。为明代散文"后七子"之一。

简注

1. "报":答复。
2. "刘一丈":姓刘的一位长者。"一"是排行,"丈"是古人对男性长辈的尊称。他是宗臣之父宗周的朋友。
3. "更辱馈遗":又蒙赠送东西。辱,谦词。
4. "不才":对自己的谦称,"我"。
5. "上下相孚,才德称位":上、下级互相信任(这里指信任下属),才和德跟自己地位相称。
6. "门者":守门的人。
7. "袖金":袖中装着的银两。古人的衣袋在袖中。
8. "刺":名帖。
9. "厩":马棚。
10. "裾":衣襟。
11. "即饥寒毒热":即使是饥饿、寒冷、闷热。
12. "即明日":到了第二天。
13. "盥栉":梳洗。
14. "走马":骑马快跑。走,跑。
15. "命吏纳之":命属下小吏收下它(指银子)。
16. "幸顾我":幸而关照我。但下文"幸勿阻我"、"幸宁心哉"的
17. "幸",都当"希望"讲。
18. "且虚言状":并且虚假地说了(相公)厚待的情况。
19. "心计交赞之":心里盘算着交相赞美他。
20. "自岁时伏腊一刺之外":除过年过节伏日腊日送一张名帖外。岁时,一年四季的节令。伏腊,夏冬祭祀的日子。

㉑ "间道经"：间或路过。
㉒ "褊衷"：狭隘的内心。
㉓ "长吏"：长官。
㉔ "乡园多故"：家乡多有灾祸。可能是指嘉靖中期以后东南沿海一带
㉕ 常遭倭寇侵扰。
㉖ "抱才而困"：有才能然而受困。下文的"天之与先生者甚厚"的
㉗ "厚"也是指很高的才能和学识。
㉘ "宁心"：心情平静下来。

导读

作者写本文时，正是严嵩掌持朝政、炙手可热之时。文中的所谓权者，即暗指严嵩。从古至今，阿谀奉承、巴结权贵、奴颜卑膝者多矣，他们不以为耻，反以为荣。作者在文中将他们那种摇尾乞怜的丑态刻画得入木三分，栩栩如生。他不借助典故、辞藻，而是叙述其想方设法进见权贵和其后的得意忘形的过程，将其丑恶嘴脸暴露无遗。

题孔子像于芝佛院

李 贽

　　人皆以孔子为大圣，吾亦以为大圣；皆以老、佛为异端，吾亦以为异端。人人非真知大圣与异端也，以所闻于父师之教者熟也；父师非真知大圣与异端也，以所闻于儒先之教者熟也；儒先亦非真知大圣与异端也，以孔子有是言也。其曰"圣则吾不能"，是居谦也。其曰"攻乎异端"，是必为老与佛也。

　　儒先亿度而言之，父师沿袭而诵之，小子蒙聋而听之。万口一词，不可破也；千年一律，不自知也。不曰"徒诵其言"，而曰"已知其人"；不曰"强不知以为知"，而曰"知之为知之"。至今日，虽有目，无所用矣！

　　余何人也，敢谓有目？亦从众耳。既从众而圣之，亦从众而事之；是故吾从众事孔子于芝佛之院。

作者简介

　　李贽，号卓吾，福建晋江人，明代反封建礼教的进步思想家。他做了二十多年的地方官吏，官至姚安府知府。五十四岁辞官，专门从事著述和讲学。中国封建历代，反对崇孔尊孟者中，他是最猛烈的。他敢立异说，离经叛道，终不为统治者所容，著作屡遭禁毁，并被捕入牢，死于狱中。

简注

1. "老、佛"：道家和佛家。
2. "异端"：正统派的人或组织对不同于自异己的思想和理论的称呼。
3. "儒先"：即前代的儒生。
4. "亿度"：主观揣测。亿，通"臆"，主观。
5. "蒙聋"：这里是昏乱模糊的意思。
6. "从众"：跟着大家行事，随大流的意思。
7. "圣之"：把孔子当成圣人。
8. "是故"：所以。

导读

芝佛院，是湖北麻城境内的一座佛院。李贽五十八岁移来此院著书讲学十余年。本文是李贽在芝佛院时所写。汉武帝时，统治者罢黜百家，独尊儒术，明代以后，孔子更是被作为偶像崇拜。而时人又往往根据自己的需要将儒家学说断章取义。李贽在世人皆尊孔的情况下，振臂一呼，揭露了那些以孔子为幌子、拉大旗作虎皮的假道学，指出了他们的荒谬可笑。文章用反语，尖锐泼辣，战斗力强。

徐文长传

袁宏道

徐渭，字文长，为山阴诸生，声名藉甚。薛公蕙校越时，奇其才，有国士之目。然数奇（jī），屡试辄蹶（jué）。中丞胡公宗宪闻之，客诸幕。文长每见，则葛衣乌巾，纵谈天下事，胡公大喜。是时公督数边兵，威振东南，介胄之士，膝语蛇行，不敢举头。而文长以部下一诸生傲之，议者方之刘真长、杜少陵云。会得白鹿，属文长作表。表上，永陵喜。公以是益奇之，一切疏记，皆出其手。文长自负才略，好奇计，谈兵多中，视一世之士无可当意者。然竟不偶。

文长既已不得志于有司，遂乃放浪曲糵（qū niè），恣情山水，走齐鲁燕赵之地，穷览朔漠。其所见山奔海立、沙起云行、风鸣树偃、幽谷大都、人物鱼鸟，一切可惊可愕之状，一一皆达之于诗。其胸中又有勃然不可磨灭之气，英雄失路、托足无门之悲。故其为诗，如嗔如笑，如水鸣峡，如种出土，如寡妇之夜哭，羁（jī）人之寒起。虽其体格时有卑者，然匠心独出，有王者气，非彼巾帼而事人者所敢望也。文有卓识，气沉而法严，不以模拟损才，不以议论伤格，韩、曾之流亚也。文长既雅不与时调合，当时所谓骚坛主盟者，文长皆叱而奴之。故其名不出于越，悲夫！

喜作书，笔意奔放如其诗，苍劲中姿媚跃出，欧阳公所谓"妖韶女，老自有余态"者也。间以其余，旁溢为花鸟，皆超逸有致。

卒以疑杀其继室，下狱论死。张太史元汴（biàn）力解，乃得出。晚年愤益深，佯狂益甚，显者至门，或拒不纳。时携钱至酒肆，呼下隶与饮。或自持斧击破其头，血流被面，头骨皆折，揉之有声。或以利锥锥其两耳，深入寸余，竟不得死。周望言晚岁诗文益奇，无刻本，集藏于家。余同年有官越者，托以钞录，今未至。余所见者，《徐文长集》、《阙编》二种而已。然文长竟以不得志于时，抱愤而卒。

石公曰：先生数奇不已，遂为狂疾。狂疾不已，遂为囹圄（líng yǔ）。古今文人牢骚困苦，未有若先生者也。虽然，胡公间世豪杰，永陵英主。幕中礼数异等，是胡公知有先生矣。表上，人主悦，是人主知有先生矣，独身未贵耳。先生诗文崛起，一扫近代芜秽（huì）之习，百世而下，自有定论，胡为不遇哉？

梅客生尝寄余书曰："文长吾老友，病奇于人，人奇于诗。"余谓文长无之而不奇者也。无之而不奇，斯无之而不奇（jī）也，悲夫！

作者简介

袁宏道，字中郎，号石公，湖广公安（今属湖北）人，官至吏部郎中。与兄宗道、弟中道并称"公安三袁"，提倡抒写性灵，重视通俗文学，反对文学复古，号为"公安派"。他有许多进步的文学主张，对明末直至五四新文学运动都产生了积极的影响。其散文多为游记等小品。

简 注

1. "诸生"：明清两代称已入学的生员。
2. "藉甚"：盛大。
3. "数奇"：命运不好。
4. "蹶"：失败，挫折。
5. "督数边兵"：统率着几个方面的兵将。
6. "介胄之士"：指军人。介，铠甲；胄，头盔。
7. "膝语蛇行"：跪着说话，匍匐在地像蛇一样走路。
8. "方之"：把他比作。
9. "白鹿"：古以白鹿为瑞物。
10. "永陵"：明世宗的陵墓。宋、元、明人以陵名称已故皇帝。
11. "不偶"：没有遇合（指乡试未被录取）。偶，通"遇"。
12. "曲蘖"：酿酒的发酵物。此处代酒。

13 "恣情"：尽情。
14 "树偃"：大树仰面倒地。
15 "愕"：惊愕。
16 "嗔"：怒，生气。
17 "羁人"：羁留异乡的游子。
18 "奴之"：视为奴婢。
19 "苍劲中姿媚跃出"：苍凉劲节中流露出婉美媚人的姿态。
20 "超逸有致"：飘逸有情致。
21 "卒以疑杀其继室"：后来因猜忌而杀死他的继室妻子。
22 "力解"：极力解救。
23 "佯狂"：装疯。
24 "下隶"：地位低贱的人。
25 "揉"：用手摩擦。
26 "周望"：明代学者陶望龄，字周望。
27 "同年"：同科考中的人，互称同年。
28 "官越者"：到越地（指今福建、广东）作官的人。
29 "抱愤"：心怀怨愤。
30 "狂疾不已，遂为囹圄"：狂疾没有痊愈，因而被逮下狱。囹圄，牢狱。
31 "间世"：隔世。形容不常有的。
32 "为"：通"谓"。
33 "梅客生"：梅国桢，字客生，湖北麻城人。

导读

平庸的传记往往是记流水账，而这篇传记，犹如高明的画家为人画像，能抓住人物的特点，画他的神。文中着重描述主人公的不俗的奇人性格和卓绝的文学、书画才能，同时，对他的不得志于其时深表同情，真可谓情文并茂。不仅如此，作者还在文中阐发自己的人生观念、文学主张，把主人公与作者融为一体，心灵沟通，使叙事更为真切，情感更为浓烈，极富感染力。可以说，作者写的主人公身上，本身就融进了作者本人的身影，颇有借他人之杯酒浇自己胸中之块垒的意蕴。

西湖七月半

张 岱

西湖七月半,一无可看,止可看看七月半之人。看七月半之人,以五类看之。其一楼船箫鼓,峨冠盛筵,灯火优傒(xī),声光相乱,名为看月而实不看月者,看之。其一亦船亦楼,名娃闺秀,携及童娈(luán),笑啼杂之,环坐露台,左右盼望,身在月下而实不看月者,看之。其一亦船亦笙歌,名妓闲僧,浅斟低唱,弱管轻丝,竹肉相发,亦在月下,亦看月而欲人看其看月者,看之。其一不舟不车,不衫不帻(zé),酒醉饭饱,呼群三五,跻(jī)入人丛,昭庆断桥,嚣呼嘈杂,装假醉,唱无腔曲,月亦看,看月者亦看,不看月者亦看,而实无一看者,看之。其一小船轻幌(huǎng),净几暖炉,茶铛(chēng)旋煮,素瓷静递,好友佳人,邀月同坐,或匿影树下,或逃嚣里湖,看月而人不见其看月之态,亦不作意看月者,看之。

杭人游湖,巳出酉归,避月如仇。是夕好名,逐队争出,多犒门军酒钱,轿夫擎燎,列俟（sì）岸上。一入舟，速舟子急放断桥，赶入胜会。以故二鼓以前，人声鼓吹，如沸如撼，如魇（yǎn）如呓（yì），如聋如哑，大船小船一齐凑岸，一无所见，止见篙击篙，舟触舟，肩摩肩，面看面而已。少刻兴尽，官府席散，皂隶喝道去，轿夫叫。船上人怖以关门，灯笼火把如列星，一一簇拥而去。岸上人亦逐队赶门，渐稀渐薄，顷刻散尽矣。

吾辈始舣（yǐ）舟近岸，断桥石磴始凉，席其上，呼客纵饮。此时，月如镜新磨，山复整妆，湖复颒（huì）面，向之浅斟低唱者出，匿影树下者亦出。吾辈往通声气，拉与同坐。韵友来，名妓至，杯箸（zhù）安，竹肉发。月色苍凉，东方将白，客方散去。吾辈纵舟，酣睡于十里荷花之中，香气拍人，清梦甚惬（qiè）。

作者简介

张岱，号陶庵，浙江绍兴人。家自曾祖，代为显官。明亡，隐居剡溪山中。其文章多寄托着故国之思。他是明末散文的代表作家。其文章形象生动，语言清新，笔调活泼，是诗化的散文。

简 注

1. "楼船"：华贵的游船。
2. "峨冠"：高冠。
3. "优傒"：歌伎和仆役。
4. "童娈"：容貌好的家童。
5. "竹肉"：竹，箫笛等管乐；肉，歌喉。
6. "帻"：古代男子包头发的发巾。
7. "昭庆断桥"：昭庆寺、断桥，皆西湖名胜。
8. "嚣呼"：狂呼乱叫。
9. "素瓷"：洁净精致的杯子。
10. "逃嚣里湖"：到里湖去逃避喧闹。里湖，指西湖苏堤以外的部分。
11. "巳"、"酉"：上午九时至十一时为巳时，下午五时至七时为酉时。
12. "犒门军"：犒赏守城门的军人。
13. "擎燎"：举着火把。
14. "速"：催。
15. "鼓吹"：音乐声。
16. "撼"：震撼。
17. "魇"、"呓"：梦中惊叫、说话。
18. "皂隶"：官署中的衙役。
19. "怖"：害怕，恐怕。
20. "蚁舟"：整舟向岸。
21. "靧面"：洗面。形容湖面重新呈现出明洁清净的状态。
22. "甚惬"：十分适意。

导 读

　　明末有批作家写的散文多叙个人闲情逸致，追求闲适，没什么重大社会内容，但篇幅短小，文笔清新流畅，是为明代小品。此文即属其类。它是一篇游记文字，作者鄙薄世情，然而自己也不过以风流才子自命，流连湖光山色而已。但其文笔清新流丽，有如世情漫画而不露声色，由此亦可了解当时社会风尚。

芙蕖

李渔

芙蕖与草本诸花似觉稍异,然有根无树,一岁一生,其性同也。谱云:"产于水者曰草芙蓉,产于陆者曰旱莲。"则谓非草本不得矣。予夏季倚此为命者,非故效颦于茂叔而袭成说于前人也,以芙蕖之可人,其事不一而足,请备述之。

群葩(pā)当令时,只在花开之数日,前此后此皆属过而不问之秋矣。芙蕖则不然:自荷钱出水之日,便为点缀绿波;及其茎叶既生,则又日高日上,日上日妍。有风既作飘摇之态,无风亦呈袅娜之姿,是我于花之未开,先享无穷逸致矣。迨至菡萏(hàn dàn)成花,娇姿欲滴,后先相继,自夏徂(cú)秋,此则在花为分内之事,在人为应得之资者也。及花之既谢,亦可告无罪于主人矣;乃复蒂下生蓬,蓬中结实,亭亭独立,犹似未开之花,与翠叶并擎,不至白露为霜而能事不已。此皆言其可目者也。

可鼻,则有荷叶之清香,荷花之异馥;避

暑而暑为之退，纳凉而凉逐之生。

至其可人之口者，则莲实与藕皆并列盘餐而互芬齿颊者也。

只有霜中败叶，零落难堪，似成弃物矣；乃摘而藏之，又备经年裹物之用。

是芙蕖也者，无一时一刻不适耳目之观，无一物一丝不备家常之用者也。有五谷之实而不有其名，兼百花之长而各去其短，种植之利有大于此者乎？

予四命之中，此命为最。无如酷好一生，竟不得半亩方塘为安身立命之地。仅凿斗大一池，植数茎以塞责，又时病其漏，望天乞求水以救之，殆所谓不善养生而草菅其命者哉。

作者简介

李渔，字笠鸿、谪凡，号笠翁，浙江兰溪人。明末清初戏曲理论家、作家。他一生未入仕途，亲身参加戏剧实践，常率家庭戏班演出于达官贵人门下。著《闲情偶寄》，其中有专论戏剧词曲的部分，对撰写剧本多有精辟见解。传世传奇有《比目鱼》、《风筝误》等十种，另有短篇小说集《十二楼》。其作品多写才子佳人故事。在创作理论上力主"求新"；戏文主张浅显易懂。

简　注

1. "芙蕖"：即荷花，又名莲花、芙蓉。
2. "谱"：明代王象晋《群芳谱》中未见。这里指何"谱"，待考。
3. "则谓非草本不得矣"：就不能不说它是草本了。
4. "茂叔"：即北宋学者周敦颐，字茂叔，著有《爱莲说》一文。
5. "成说"：早已有过的说法。
6. "可人"：适合人的心意。可，适合的意思。下文的多个"可"用法相同。
7. "秋"：时候。
8. "荷钱"：初生的小荷，圆似铜钱，故称。
9. "日高日上"：一天一天地向上长。
10. "妍"：美好。
11. "菡萏"：荷的花苞。
12. "徂"：往，到。
13. "资"：资本、财富，这里引申为享受。
14. "互芬齿颊"：莲实和莲藕共同使齿颊芬芳。
15. "四命"：李渔认为春天的水仙、兰花，夏天的莲花，秋天的海棠花，冬天的腊梅花是他的四种生命攸关的植物，缺一花，即夺走了他一季之命。
16. "殆"：大概。

导读

　　自古以来，以荷花为题材的诗文颇多，仅以本书中的《爱莲说》为例，与笠翁的《芙蕖》相较，前者是托物言志的说理性散文，后者则是说明荷的用途，提倡种荷花的说明性散文。

　　本文写作特点是"求新"。作者遵循的写作态度是"上不取法于古，中不求肖于今，下不觊传于后，不过自成一言，云所欲云而止"。《芙蕖》一文，也显示出独特的风格，主要表现在立意、语言和结构三个方面。

　　古人写荷花多着意它的美丽、高洁，赞美其姿态、清香，或寄托自己的感情。本文则不落窠臼，既写其当令时的娇姿，又写其衰败后的实用价值。这是在立意上的大胆求新。

　　在语言上，作者从"可人"、"可心"、"可口"等传统用法中，仿造出"可目"、"可鼻"等词语，整齐、清晰地举出荷花的多种功用。另外，文中用了一些民间口语，既让人感到新鲜，又富有情趣。

左忠毅公逸事

方 苞

先君子尝言，乡先辈左忠毅公视学京畿（jī），一日，风雪严寒，从数骑出，微行入古寺。庑下一生伏案卧，文方成草。公阅毕，即解貂覆生，为掩户。叩之寺僧，则史公可法也。及试，吏呼名至史公，公瞿然注视，呈卷，即面署第一。召入，使拜夫人，曰："吾诸儿碌碌，他日继吾志事，惟此生耳。"

及左公下厂狱，史朝夕狱门外。逆阉防伺甚严，虽家仆不得近。久之，闻左公被炮烙，旦夕且死，持五十金，涕泣谋于禁卒，卒感焉。一日，使史更敝衣，草屦，背筐，手长镵（chán），为除不洁者，引入。微指左公处，则席地倚墙而坐，面额焦烂不可辨，左膝以下筋骨尽脱矣。史前跪抱公膝而呜咽。公辨其声，而目不可开，乃奋臂以指拨眦（zì），目光如炬，怒曰："庸奴！此何地也，而汝来前！国家之事糜烂至此，老夫已矣，汝复轻身而昧大义，天下事谁可支拄者？不速去，无俟奸人构陷，吾今即扑杀汝！"因摸地上刑械作投击势。史噤（jìn）不敢发声，趋而出。后常流涕述其事以语人，曰："吾师肺肝，皆铁石所铸造也。"

崇祯末，流贼张献忠出没蕲、黄、潜、桐间，史公以凤庐道奉檄守御。每有警，辄数月不就寝，使将士更休，而自坐幄幕外。择健卒十人，令二人蹲踞而背倚之，漏鼓移则番代。每寒夜起立，振衣裳，甲上冰霜迸落，铿然有声。或劝以少休，公曰："吾上恐负朝廷，下恐愧吾师也。"

史公治兵，往来桐城，必躬造左公第，候太公、太母起居，拜夫人于堂上。

余宗老涂山，左公甥也，与先君子善，谓狱中语乃亲得之于史公云。

作者简介

方苞，字灵皋，号望溪，安徽桐城人，清文学家，康熙进士，累官至礼部侍郎。因戴名世《南山集》案牵连入狱。文学宗唐宋派古文传统，讲究"义法"，为"桐城派"宗师。散文多为序跋书信等作品。《狱中杂记》、《左忠毅公逸事》等名篇形象生动，有较强的感染力。

简注

1. "逸事"：不见于正式记载，不为人所知的事迹。
2. "左忠毅公"：即左光斗，明桐城人，字遗直，官大理寺少卿，左佥都御史，因弹劾宦官魏忠贤受酷刑死于狱中。
3. "微行"：隐藏身份，改装出行。
4. "瞿然"：吃惊的样子。
5. "炮烙"：古代用火烧烫的一种酷刑。
6. "镵"：铲子。
7. "蕲、黄、潜、桐"：均为行政区划名。
8. "檄"：古代官府用于征召、晓谕或声讨的公文。这里是命令的意思。
9. "幄幕"：军用的帐幕。
10. "漏鼓"：漏，古代滴水计时的器具；鼓，打更用的鼓。这里是时间的借代词。
11. "宗老涂山"：同宗的长辈，号为涂山的。

导读

文中着重表现了左光斗轻生重义、刚毅不屈的精神，以及左、史二人崇高的师生情谊。全文共分五段。首段写左光斗对史可法的赏识提拔，以突出其爱惜人才、胸怀国家安危的高尚品质。次段写左公在狱中舍生重义的突出表现，生动地刻画出了他坚强不屈、大义凛然的志士形象，是本文的核心部分。第三段写史可法在军中恪尽职守，是左光斗言传身教的结果。这是侧面烘托。第四段简述史可法敬事"太公"、"太母"和师母的情形，显示了左、史师生之间的深厚情谊。末端是补叙逸事的由来，证明事实确凿。

文章选材得当,重点突出。作者以简短的文字,刻画出了主人公光彩照人的性格特征,十分感人。这是由于作者对人物的语言、行动、肖像准确描绘的结果。另外,为了突出中心思想,作者还成功地运用了正面描绘与侧面烘托相结合的写作方法,使主要人物在次要人物的衬托下,形象更加高大、丰满。

范县署中寄舍弟墨第四书

郑 燮

十月二十六日得家书，知新置田获秋稼五百斛（hú），甚喜。而今而后，堪为农夫以没世矣。要须制碓（duì）制磨，制筛罗簸箕，制大小扫帚，制升斗斛。家中妇女，率诸婢妾，皆令习舂揄蹂簸（chōng yú róu bǒ）之事，便是一种靠田园长子孙气象。天寒冰冻时，穷亲戚朋友到门，先泡一大碗炒米送手中，佐以酱姜一小碟，最是暖老温贫之具。暇日咽碎米饼，煮糊涂粥，双手捧碗，缩颈而啜（chuò）之，霜晨雪早，得此周身俱暖。嗟乎！嗟乎！吾其长为农夫以没世乎！

我想天地间第一等人，只有农夫，而士为四民之末。农夫上者种田百亩，其次七八十亩，其次五六十亩，皆苦其身，勤其力，耕种收获，以养天下之人。使天下无农夫，举世皆饿死矣。我辈读书人，入则孝，出则弟（tì），守先待后，得志泽加于民，不得志修身见于世，所以又高出农夫一等。今则不然，一捧书本，便想中举中进士作官，如何攫（jué）取金钱，造大房屋，置多田产。起手便错走了路头，后来越做越坏；总没有个好结果。其不能发达者，乡里作恶，小头锐面，更不可当。夫束修自好者，岂无其人；经济自期，抗怀千古者，亦所在多有。而好人为坏人所累，遂令我辈开不得口；一开口，人便笑曰："汝辈书生，总是会说，他日居官，便不如此说了。"所以忍气吞声，只得挨人笑骂。工人制器利用，贾人搬有运无，皆有便民之处，而士独于民大不便，无怪乎居四民之末也。且求居四民之末，而亦不可得也。

　　愚兄平生最重农夫，新招佃（diàn）地人，必须待之以礼。彼称我为主人，我称彼为客户，主客原是对待之义，我何贵而彼何贱乎？要体貌他，要怜悯他；有所借贷，要周全他；不能偿还，要宽让他。尝笑唐人《七夕》诗，咏牛郎织女，皆作会别可怜之语，殊失命名本旨。织女，衣之源也，牵牛，食之本也，在天星为最贵；天顾重之，而人反不重乎？其务本勤民，呈象昭昭可鉴矣。吾邑妇人，不能织绸织布，然而主中馈（kuì），习针线，犹不失为勤谨。近日颇有听鼓儿词，以斗叶为戏者,风俗荡轶,亟(jí)宜戒之。

吾家业地虽有三百亩,总是典产,不可久恃。将来须买田二百亩,予兄弟二人,各得百亩足矣,亦古者一夫受田百亩之义也。若再求多,便是占人产业,莫大罪过。天下无田无业者多矣,我独何人,贪求无厌,穷民将何所措足乎!或曰:"世上连阡越陌,数百顷有余者,子将奈何?"应之曰:"他自做他家事,我自做我家事,世道盛则一德遵王,风俗偷则不同为恶,亦板桥之家法也。哥哥字。

作者简介

郑燮,字克柔,号板桥,江苏兴化人。早年是个贫儒,曾以教馆、卖画为生。乾隆元年中进士,先后任山东范县、潍县知县。他是文学家,也是艺术家,不仅诗、文写得好,而且书法、绘画也很著名。字独创一体,画竹古今第一。

简 注

1. "斛":量器名,古时以十斗为斛,后来又以五斗为斛。
2. "没世":了此一生。
3. "舂揄蹂簸":旧时加工谷物的程序。
4. "啜":喝。
5. "出则弟":"弟"通"悌"。指出门在外应顺从兄长。
6. "泽":恩惠。

7 "攫"：夺取。
8 "佃地人"：租种土地的人，俗称"佃户"。
9 "主中馈"：主持家中饮食之事。
10 "斗叶"：玩纸牌。
11 "典产"：一种出卖产业的方式，到期可备价收回，不同于"绝卖"。
12 "偷"：不厚道。

导 读

在万般皆下品、唯有读书高的时代，郑板桥作为一个读书出身的官员，指出"天地间第一等人，只有农夫，而士为四民之末"，尊重农夫的勤苦，批评一些读书人只想做官致富，的确难能可贵。比起那些当官后作威作福、欺压盘剥农民的人，就更不只是思想开明而已。文章中强烈的平民思想，从古至今，都是值得称道的。这是一封家信，写得自然坦率，真情流溢，而语言平朴天然。既叙人生理想，又谈家常事物；既对现实有所批判，又洋溢着浓厚的亲情韵趣。

黄生借书说

袁 枚

黄生允修借书，随园主人授以书而告之曰："书非借不能读也。子不闻藏书者乎？七略四库，天子之书，然天子读书者有几？汗牛塞屋，富贵家之书，然富贵人读书者有几？其他祖父积、子孙弃者无论焉。非独书为然，天下物皆然。非夫人之物而强假焉，必虑人逼取，而惴惴焉摩玩之不已，曰：'今日存，明日去，吾不得而见之矣。'若业为吾所有，必高束焉，庋（guǐ）藏焉，曰'姑俟异日观'云尔。"

余幼好书，家贫难致。有张氏藏书甚富，往借，不与，归而形诸梦，其切如是。故有所览，辄省记。通籍后，俸去书来，落落大满，素蟫（yín）灰丝，时蒙卷轴，然后叹借者之用心专，而少时之岁月为可惜也。

今黄生贫类予，其借书亦类予，惟予之公书，与张氏之吝书，若不相类。然则予固不幸而遇张乎，生固幸而遇予乎？知幸与不幸，则其读书也必专，而其归书也必速。

为一说，使与书俱。

作者简介

袁枚,字子才,号简斋、随园主人、随园老人。乾隆进士,曾任江宁等地知县。辞官后,居江宁小仓山,筑随园。论诗主张抒写性灵,强调灵感作用,当时很有影响。不但工诗,亦善骈、散文。著有《小仓山房诗文集》、《随园诗话》等。

简注

1. "七略四库,天子之书":七略四库是天子的藏书。西汉刘向整理校订内府藏书。其子刘歆继之,写成《七略》。唐朝,京师长安和东都洛阳的藏书有经、史、子、集四库。
2. "汗牛塞屋":形容书多,搬运起来累得牛马出汗,放置起来就塞满屋子。
3. "祖父":祖和父。
4. "惴惴":忧惧的样子。
5. "摩玩":摩挲(suō)玩弄。
6. "庋":搁起来。
7. "姑俟":姑且等待。
8. "形诸梦":即形之于梦,在梦中出现那种情形。
9. "故有所览,辄省记":(因为迫切要读书,又得不到书)所以有看过的就记在心里。
10. "通籍":出仕,做官。
11. "落落":堆集的样子。
12. "素蟫":白鱼,指一种蛀蚀书籍的虫。
13. "灰丝":指灰尘和虫丝。
14. "为一说,使与书俱":作一篇说(指本文),让(它)同(借出的)书一起(交给黄生)。

导 读

　　自己买的书，往往束之高阁，待来日读，结果总是难得去读；而借来的书，若有人追赶似的，抓紧一切时间就读完了。从这一方面看来，真是买书不如借书了。这是个很普遍的现象。推而广之，读书、工作、生活，都只有懂得机会难得，时不我待，才会珍惜，并加倍努力。作者以亲身经历，述说体验，话语真切。抓住一种感受，剖析一种现象，发而为文，说出别人有同感而无文章的东西，怎不叫人拍案共鸣！

为学一首示子侄

彭端淑

天下事有难易乎？为之，则难者亦易矣；不为，则易者亦难矣。人之为学有难易乎？学之，则难者亦易矣；不学，则易者亦难矣。

吾资之昏不逮（dài）人也，吾材之庸不逮人也，旦旦而学之，久而不怠焉，迄乎成，而亦不知其昏与庸也。吾资之聪倍人也，吾材之敏倍人也；屏弃而不用，其与昏与庸无以异也。圣人之道，卒于鲁也传之。然则昏庸聪敏之用，岂有常哉？

蜀之鄙有二僧：其一贫，其一富。贫者语于富者曰："吾欲之南海，何如？"富者曰："子何恃而往？"曰："吾一瓶一钵（bō）足矣。"富者曰："吾数年来欲买舟而下，犹未能也，子何恃而往？"越明年，贫者还，以告富者，富者有惭色。西蜀之去南海，不知几千里也，僧之富者不能至，而贫者至之。人之立志，顾不如蜀鄙之僧哉？

是故聪与敏，可恃而不可恃也，自恃其聪与敏而不学者，自败者也。昏与庸，可限而不可限也，不自限其昏与庸而力学不倦者，自力者也。

作者简介

彭端淑，字乐斋，四川丹棱人。雍正十一年中进士，历任吏部郎中、顺天（北京）府乡试同考官等职。后辞官归川，主讲锦江书院。著有《白鹤堂文集》。

简注

1. "为学"：做学问。
2. "不逮"：赶不上（别人）。逮，及、到。
3. "迄"：到。
4. "昏与庸"：愚昧、平庸。
5. "蜀之鄙"：四川的边远地方。鄙，边远的地方。
6. "何恃"：依赖什么。恃，依赖。
7. "钵"：和尚用的饭碗。
8. "顾"：反而，却。
9. "自败者"：自甘失败的人。
10. "自力者"：自求上进的人。

导读

人有智愚之分，但学业与成就却不一定与人的智力成正比。笨鸟先飞，可先投林；龟兔赛跑，曾定输赢。本文就说明了这样一个道理：为学的成败，不在天资的高低，而在于人们主观上的努力。只要持之以恒，必有所成；若自恃聪明，一曝十寒，其业必毁。文中以贫富二僧设喻，浅显贴切，良有趣味。

登泰山记

姚鼐

泰山之阳，汶水西流；其阴，济水东流。阳谷皆入汶，阴谷皆入济。当其南北分者，古长城也。最高日观峰，在长城南十五里。

余以乾隆三十九年十二月，自京师乘风雪，历齐河、长清，穿泰山西北谷，越长城之限，至于泰安。是月丁未，与知府朱孝纯子颖（yǐng）由南麓（lù）登。四十五里，道皆砌石为磴（dèng），其级七千有余。

泰山正南面有三谷，中谷绕泰安城下，郦道元所谓环水也。余始循以入，道少半，越中岭，复循西谷，遂至其巅。古时登山，循东谷入，道有天门。东谷者，古谓之天门溪水，余所不至也。今所经中岭及山巅，崖限当道者，世皆谓之天门云。道中迷雾冰滑，磴几不可登。及既上，苍山负雪，明烛天南，望晚日照城郭，汶水、徂徕（cú lái）如画，而半山居雾若带然。

戊申晦，五鼓，与子颖坐日观亭待日出。大风扬积雪击面。亭东自足下皆云漫。稍见云中若摴蒱（chū pú）数十立者，山也。极天云一线异色，须臾成五采。日上，正赤如丹，下有红光，动摇承之。或曰：此东海也。回视日观以西峰，或得日，或否，绛皓（hào）驳色，而皆若偻（lǚ）。

亭西有岱祠，又有碧霞元君祠。皇帝行宫在碧霞元君祠东。是日，观道中石刻，自唐显庆以来，其远古刻尽漫失。僻不当道者，皆不及往。

山多石，少土，石苍黑色，多平方，少圜（yuán）。少杂树，多松，生石罅（xià），皆平顶。冰雪，无瀑水，无鸟兽音迹。至日观数里内无树，而雪与人膝齐。

桐城姚鼐记。

作者简介

姚鼐（nài），字姬传，号惜抱，安徽桐城人。乾隆二十八年进士，官至刑部郎中，晚年曾先后在江南、紫阳、钟山等书院讲学，历时四十多年。他作为刘大櫆的弟子，是清代散文"桐城派"的代表人物。他的论文讲究义理、考据和辞章。

除有著作《惜抱轩全集》外，他编选的《今体诗选》、《古文辞类纂》都较有名。

简注

1. "阳"：山的南面。
2. "汶水"：即大汶河。源于山东莱芜东北的原山，西南流经泰安。
3. "阴"：山的北面。
4. "济水"：源于河南济源西的王屋山，东流至山东（清末，济水在山东的河道为黄河所夺）。
5. "阳谷"：指山的南面山谷里的水。
6. "分者"：分界的地方。
7. "齐河、长清"：都是山东省的地名。
8. "子颖"：朱孝纯的字。
9. "磴"：石阶。
10. "循以入"：顺着中谷进去。
11. "道少半"：路（走了）一小半。
12. "崖限"：像门户一样的山崖。限，门限。
13. "明烛"：明亮地照耀着。
14. "徂徕"：山名，在泰安市东南四十里。
15. "居雾"：停留着的云雾。
16. "晦"：农历每月末的一天。
17. "日观亭"：日观峰上的一个亭子。
18. "樗蒲"：古代赌具，就是后来的骰子。
19. "极天"：天边。
20. "丹"：朱砂。
21. "绛皓驳色"：或红或白，颜色错杂。皓，白色。
22. "皆若偻"：都像弯腰曲背的样子。
23. "岱祠"：东岳大帝庙。
24. "碧霞元君"：女神，传说是东岳大帝之女。
25. "显庆"：唐高宗年号。
26. "漫失"：磨灭损失。
27. "罅"：裂缝。

导读

  东岳泰山为五岳之首，又名岱岳、岱宗。我们平时读写文章，讲究借景抒情，或思想境界等，这篇游记，却只是描写了登山的途程和山上的景物，而它却历来为人们所欣赏，它好在何处呢？好在它体现了桐城派文章的特色。它不事夸张，务去浮体，抓住特点，准确刻画，简洁概括，生动传神。读它，犹若一架文字摄相机将泰山美景奇姿历历展示，艺术神韵自在其中。

病梅馆记

龚自珍

　　江宁之龙蟠（pán），苏州之邓尉，杭州之西溪，皆产梅。或曰：梅以曲为美，直则无姿；以欹（qī）为美，正则无景；以疏为美，密则无态。固也。此文人画士，心知其意，未可明诏大号，以绳天下之梅也；又不可以使天下之民，斫（zhuó）直、删密、锄正，以夭梅、病梅为业以求钱也。梅之欹、之疏、之曲，又非蠢蠢求钱之民，能以其智力为也。有以文人画士孤癖之隐，明告鬻（yù）梅者，斫其正，养其旁条，删其密，夭其稚枝，锄其直，遏其生气，以求重价，而江、浙之梅皆病。文人画士之祸之烈至此哉！

　　予购三百盆，皆病者，无一完者。既泣之三日，乃誓疗之：纵之，顺之，毁其盆，悉埋于地，解其棕缚，以五年为期，必复之全之。予本非文人画士，甘受诟（gòu）厉，辟病梅之馆以贮之。

　　呜呼！安得使予多暇日，又多闲田，以广贮江宁、杭州、苏州之病梅，穷予生之光阴以疗梅也哉？

作者简介

龚自珍，出身官僚家庭，自幼即得深厚文化教养，但早年屡试不第，三十八岁才中进士。曾任礼部主事等官，晚年辞官讲学。他生活在晚清，在近代中国思想史和文学史上，为一代新风气的开创者。他不满当时黑暗腐朽的统治，反对专制思想和旧学术思想的束缚，在诗和散文方面都有重要成就，并且精通经、史、文字之学。

简注

1. "江宁之龙蟠"：江宁，今南京市，旧江宁府所在地。龙蟠，即龙蟠里，在今南京市清凉山下。
2. "邓尉"：山名，在今苏州市西南。
3. "西溪"：地名，在今杭州市灵隐山西北。
4. "欹"：歪斜的姿态。
5. "疏"：疏落。
6. "明诏大号"：公开下令规定和号召。
7. "文人画士"：隐指当时清朝统治阶级。
8. "绳"：本指木工用的绳墨，这里指用上述标准来衡量梅花。
9. "斫"：砍。
10. "夭"：使梅花的嫩枝早死。
11. "棕缚"：用棕绳捆绑。
12. "诟厉"：责骂。

导读

　　物有自然之姿、天然之美，人更有个性特色、自由追求。对梅斫、删、锄，梅可长成人们所需的形姿，美则美矣，却是病梅。而对人呢？若也实行束缚、禁锢、摧残，像对待梅一样，那是多么不可思议！本文全篇用比喻，表达了对统治者高压手段压抑人性、摧残人才的愤慨。

北京大学出版社
教育出版中心

书　　名：	孩子必读的中华历史文化故事（八卷）
作　　者：	楼宇烈 主编
定　　价：	29.00元/册
出版日期：	2013年1月

北京大学出版社
教育出版中心

书　　名：孩子必读的中华历史文化故事（八卷）
作　　者：楼宇烈　主编
定　　价：29.00元/册
出版日期：2013年1月

主编简介

楼宇烈，著名文化学者，北京大学哲学系教授，曾任北京大学哲学系副主任，北京大学宗教研究院名誉院长，北京大学学术委员会委员，国务院学位委员会学科评议组成员，国家古籍整理出版规划小组成员，全国宗教学会副会长，国际儒学联合会理事。

内容简介

华夏五千年文明薪火相传，生生不息。这些宝贵的历史文化遗产，凸显了中华民族的传统美德和核心价值，对于广大青少年的精神成长、心灵丰富、人格完善，具有不可替代的作用。

本书精选具有典型意义和代表性的重要历史文化故事，引领青少年从源远流长的历史血脉中吸取有益身心成长的养分，弘扬传统美德，修身立志，进取有为。语言晓畅生动，并配有丰富的漫画插图，适合青少年阅读。

本书特色

· 权威：名家主编，着眼人文素养的培养
· 名牌工程：入选总署"社会主义核心价值体系建设'双百'出版工程"
· 国家基金支持：获国家出版基金全力支持
· 生动有趣，以正史为本，精彩纷呈
· 全彩的漫画插图，让孩子爱不释手

序言摘选

我们中国人的历史观非常强烈，重视"以史为鉴"，把历史作为一面镜子，所以中国的历史是世界上记载得最为详细的。但"以史为鉴"并不只是为了掌握知识，从根本上说，是要把握历史发展的规律与人文的精神。

我们现在加强文化教育，增加了人文的内容。人文的意义不是要人们多学一点历史知识，会背诵几句唐诗、宋词，而是要从中体味人生，陶冶性情。学人文的意义在于修身养性，从而改变我们的性格，提升我们的情操，提高我们的品位，最终找到安身立命之所。

——楼宇烈（本书主编）

北京大学出版社
教育出版中心

❶《孩子必读的中华历史文化故事·远古夏商周卷》

　　内容简介：本书选取远古夏商周时期的重要历史文化故事，如"河姆渡人与水稻"、"精湛的制陶技艺"、"围绕迁都的斗争"、"被放逐的国王"、"三千年前的古城"等，展现上古时期华夏民族的灿烂文明成就与多姿多彩的人文风貌，引导青少年树立民族自豪感、民族认同感。

❷《孩子必读的中华历史文化故事·春秋战国卷》

　　内容简介：本书选取春秋战国时期的重要历史文化故事，如"晏平仲不辱使命"、"立信木商鞅变法"、"田文和他的门客"、"烛之武妙语说穆公"、"西门豹除害兴利"等，展现春秋战国时期风云际会、群雄并起的社会风貌，以先贤的道德风范、智慧风采，熏陶、引导青少年的成长、成才。

❸《孩子必读的中华历史文化故事·秦汉卷》

　　内容简介：本书选取秦汉时期的重要历史文化故事，如"赵高指鹿为马"、"大泽乡的星星之火"、"苏武牧羊"、"司马迁著《史记》"、"班超投笔从戎"等，展现秦汉时期的社会发展以及杰出人物的丰功伟绩，引导青少年培养明辨是非、坚毅果敢的品格，树立爱国、报国意识。

❹《孩子必读的中华历史文化故事·三国魏晋卷》

　　内容简介：本书选取三国魏晋时期的重要历史文化故事，如"赤壁鏖兵"、"顾恺之'三绝'传世"、"祖逖中流击楫"、"淝水之战"、"裴秀和郦道元"等，展现三国魏晋时期的社会变迁以及各类文化成就，引导青少年正确认识历史，陶冶青少年的审美情操。

北京大学出版社
教育出版中心

❺《孩子必读的中华历史文化故事·隋唐五代卷》

内容简介:本书选取隋唐五代时期的重要历史文化故事,如"隋统一南北"、"唐太宗虚心纳谏"、"玄奘西游"、"梨园皇帝李隆基"、"诗仙李白"等,展现隋唐五代时期,尤其是唐代繁荣、开放的社会风貌和人文氛围,培养青少年的开放、包容心态与创新精神以及民族自豪感。

❻《孩子必读的中华历史文化故事·宋辽金元卷》

内容简介:本书选取宋辽金元时期的重要历史文化故事,如"刚正清廉话寇准"、"不阿权贵的包拯"、"南北军民的斗争"、"贾似道专权误国"、"女纺织家黄道婆"等,展现宋辽金元时期的社会变迁、重要历史人物的活动,培养青少年建立正确的荣辱观。

❼《孩子必读的中华历史文化故事·明清卷》

内容简介:本书选取明清时期的重要历史文化故事,如"三宝太监下西洋"、"郑成功收复台湾"、"李时珍撰《本草纲目》"、"尼布楚谈判"、"曹雪芹著《红楼梦》"等,展现明清时期的社会进步、文化发展与对外交流,培养青少年的时代精神、世界精神、创新精神。

❽《孩子必读的中华历史文化故事·近代卷》

内容简介:本书选取近代重要的历史文化故事,如"震惊中外的虎门销烟"、"制造罪恶的租界"、"名园一炬化劫灰"、"平原起义和廊坊大捷"、"新文化运动的兴起"等,展现近代时期中华民族所遭受的种种磨难的考验,以及广大中华儿女在这些考验面前自强不息、奋勇抗争、追求进步的可贵品质,激发青少年的爱国热情,培养青少年坚忍不拔、报效祖国的品格。